# DAS GLÜCKSPERIMENT

von ______________________________

für sophia

Ein Projekt von:
Schokoladenseite Corinna Danner
Donau-Gewerbepark 24
94486 Osterhofen | Deutschland
USt-IdNr.: DE292056824
Telefon: +49 9932 409048
Mail: info@gluecksperiment.com
Web: www.gluecksperiment.com

Verantwortlich gemäß § 55 RStV:
Corinna Danner
Donau-Gewerbepark 24
94486 Osterhofen – Deutschland

Auflage 1 – Das Glücksperiment glücklich leben
Oktober 2021
Autorin:
Julia Marie Beckert

Gedruckt + gebunden in Deutschland.

ISBN: 978-3-9823-7535-9



Alle Ratschläge in diesem Buch wurden von der Autorin sowie der Herausgeberin sorgfältig erwogen und geprüft. Eine Garantie kann dennoch nicht übernommen werden. Eine Haftung der Autorin beziehungsweise der Herausgeberin und deren Beauftragter ist daher ausgeschlossen. Wir möchten ausdrücklich darauf hinweisen, dass sich dieses Buch an *„gesunde"* Menschen richtet, es ist kein Ersatz für die Therapie von Depressionen oder psychischen Erkrankungen. Inhalte und Aufgaben können psychisch labile Menschen zusätzlich aufwühlen oder verunsichern.

Alle Informationen:
www.gluecksperiment.com

9 783982 375359

# Inhaltsverzeichnis

# Vorwort

## GLÜCK ALS AUFGABE

Ein glückliches Leben zu führen ist eine der zahlreichen Aufgaben, die das Leben an uns stellt. Viele Menschen sind sich nur in geringem Maße bewusst, dass es genau diese Aufgabe wirklich in sich hat und wahrscheinlich werden Menschen ihr Leben erst als lebenswert bezeichnen, wenn sie am Ende zurückblicken und feststellen, dass sie ein glückliches Leben hatten.

## BEEINDRUCKENDE ENTSCHEIDUNG

Als Julia mich gebeten hat, für sie ein Vorwort zu schreiben, hat es mich zuerst beeindruckt und im Anschluss erst ist mir, wenn ich mich an die vielen intensiven Gespräche mit ihr erinnere, aufgefallen, dass bei ihr das Glück nicht einfach so vom Himmel gefallen ist. Erst nach einigen tiefgreifenden Schicksalsschlägen, in denen sie vom Leben auf die Probe gestellt wurde, hat sie sich entschieden, beharrlich und auch unter seelischem Schmerz weiter an sich zu arbeiten und nach vorn zu schauen und auch für die Menschen in ihrem Umfeld das Licht zu sein, statt zu verzweifeln, sich schlecht zu behandeln oder anderen die Schuld zu geben.

## EIN GEHEIMNIS VORAB

Ich bin mir nicht sicher ob Du es schon weißt, aber wenn Du diese Zeilen liest, hast Du nicht nur irgendein Buch in Deiner Hand. Julia meinte zu mir, dass sie es sich zum Ziel gesetzt hat, dass Du (ja Dich persönlich meine ich) Dich mit jeder Seite dieses Buches so intensiv persönlich weiter entwickelst, wie Du es sonst vielleicht nur von Seminaren kennst. Da ich selbst in diesem Bereich beruflich tätig bin, kann ich Dir aus meiner eigenen Erfahrung berichten, wie hoch sie sich damit ihr Ziel gesteckt hat. Deswegen darfst Du sie genau an diesem Versprechen messen. Und da sie mein Vorwort vor dem Druck dieses Buches einmal gelesen hat und Du es jetzt vor Dir hast, wissen wir beide, dass sie Wort halten wird.

## LESEN UNGLEICH HANDELN

Ein persönliches Wort noch von mir an Dich, damit auch wir uns richtig verstehen. Julia wird Dir auf jeder Seite in diesem Buch nur das Beste geben, was sie in ihrer jetzigen Lebensphase für Dich bereithält. Doch das ist ganz genau die Hälfte von dem, was sie mit diesem Buch zu erreichen vermag. Die andere Hälfte ist Deine innere Verpflichtung Dir und Deiner Entwicklung gegenüber, all das in die Tat umzusetzen, was Dir hier geboten wird – das wird einiges sein, das verspreche ich Dir. Jetzt bleibt mir nur noch, Dir ganz viel Freude beim Lesen zu wünschen und dass Du irgendwann, genau wie ich, die Ehre haben wirst, Julia persönlich zu treffen. Denn manchmal fällt das Glück genau auf die richtigen Menschen und Du scheinst einer davon zu sein.

Viel Freude beim Lesen,

Marcel Rosenbach (Julia's Lieblings-NLP-Trainer)

# Das Glücksperiment

Bevor wir loslegen, sollst du einen Einblick in die Entstehungsgeschichte des Glücksperiments erhalten. Warum das wichtig ist? Nun, du wirst in den nächsten drei Monaten dein Denken nachhaltig ändern. Du wirst lernen, das Glück in deinem Leben zu finden. Ich werde dir immer wieder Geschichten erzählen, die dir dabei helfen, deine Gedanken in die richtigen Bahnen zu lenken. Diese Einleitung ist die erste dieser Geschichten.

Das Glückperiment ist das Ergebnis eines Telefonates, das ich mit Corinna führte. Corinna ist nicht nur die Herausgeberin dieses Buches, sie ist auch eine gute Freundin. Das Telefonat führten wir, während ich auf einer Geschäftsreise in Barcelona war. Ich arbeitete auf einer großen Messe und sorgte mit einem leuchtend gelben Bauhelm auf dem Kopf für die perfekte Inszenierung eines Messestandes, als mein Telefon klingelte. Nach einem kurzen Wortwechsel fiel mir fast das Telefon aus der Hand – Rückblende: Vor einigen Monaten auf einem Seminar. Meditation, Partnerübungen. Meine Augen geschlossen und in meinem Geist formt sich eine Vision. Vor dem Fenster schreien die Möwen und der Stift in meiner Hand zuckt über das Papier: Ich will ein Buch schreiben! – Und jetzt das Telefonat mit Corinna. Ich auf der Messe, hinter einem Stand hockend und mit dem gelben Helm auf dem Kopf. Einer dieser Momente, in denen sich alles verändert! Corinna: *„Jule, willst du ein Buch mit mir schreiben?"* Ein spitzer Schrei, ich schlucke und rufe ins Telefon: *„Ja, Corinna! Ich will ein Buch mit dir schreiben!"*

Über Risiken und Hürden machten wir uns keine Gedanken und setzten unsere Idee sofort in die Tat um. Das Ergebnis war die erste Auflage des Glücksperiments, eines Achtsamkeitsbuches zum Mitmachen. Wir trafen einen Nerv. Unser Buch wurde auf der Fashion Week präsentiert und schaffte es auf die Frankfurter Buchmesse. Wir hätten damals nie gedacht, was für eine Welle das Glücksperiment auslösen würde. Unzählige Nachrichten, Emails und Briefe rührten uns zu Tränen, als wir realisierten, was unser *„kleines Buchprojekt"* bei unseren Lesern auslöste.

Und jetzt dasselbe nochmal? Nein. Vielleicht bist du einer dieser Menschen, die das erste Glücksperiment gelesen haben. Dann würdest du dich jetzt ganz schön veräppelt fühlen. Brauchst du aber nicht! Das erste Glücksperiment war eine Sammlung der vielen seelischen

Rettungsringe, die Corinna und ich uns in den schwierigsten Phasen unseres Lebens zugeworfen hatten. Wir teilten unser Wissen auf so unmittelbare Weise, dass es unsere Leser direkt ins Herz traf, während ihr Glück mit jeder absolvierten Aufgabe wuchs. Das erste Glücksperiment war bereits mächtig, doch es blieb eine Sammlung privater Erfahrungen und Erkenntnisse. Das Buch, das du jetzt in den Händen hältst, ist die nächste Evolutionsstufe. Es stützt sich auf umfangreiche Forschungen und wissenschaftliche Erkenntnisse. Nach etlichen Aus- und Weiterbildungen, dutzenden gelesenen Fachbüchern und jahrelanger Praxis als Coach und Trainer war es an der Zeit, all das neue, vertiefte Wissen in ein zweites Buch fließen zu lassen.

In diesem Buch nehme ich dich auf sehr persönliche Weise an die Hand. Dabei teile ich nicht nur meine Erlebnisse und Erfahrungen mit dir. Mit diesem Buch erlangst du in kurzer Zeit geballtes, fundiertes Wissen und ein tiefes Verständnis für das Wesen des Glücks.

Eine Anmerkung noch zum Thema Verantwortung: Nach 5-stelligen Buchverkäufen hat sich unsere Two-Women-Show zu einem Team aus Mitarbeitern entwickelt, das jeden Tag gern zur Arbeit kommt. Das Glücksperiment ist und bleibt ein Familienprojekt, das Müttern und einer jungen Frau mit Schwerbehinderung gut bezahlte und sichere Arbeitsplätze finanziert.

DIESES BUCH MACHT NICHT NUR GLÜCKLICH, ES IST AUCH GLÜCKLICH.

# Hallo, ich bin Julia!

Wir werden die nächsten Wochen und Monate viel Zeit miteinander verbringen und du solltest wissen, wer dich auf deiner Reise begleitet, oder?

Anfang 2018 erhielt ich einen Anruf, der mein Leben für immer veränderte und ich dachte damals, dass ich mich nie davon erholen würde. Meine geliebte Schwester Sophia, die gleichzeitig meine beste Freundin war, verlor ich so plötzlich, dass es sich anfühlte, als hätte mir jemand den Boden unter den Füßen weggezogen.

Wer mich heute so strahlend und glücklich sieht, erkennt den Menschen, der ich in dieser Zeit war, nicht wieder. Der Tod verfolgte mich und ich konnte vor Angst tage- und nächtelang nicht schlafen. Alle Farben waren verwelkt und die Welt bewegte sich um mich herum durch einen Nebel aus Dunkelheit. Durch diesen Nebel konnte ich keinen Kontakt zu anderen Menschen aufbauen. Ich war allein und es gab niemanden, der mich aus meiner Dunkelheit herausholen konnte. Also entschloss ich mich dazu, selbst herauszukommen. Wenn mich der Tod meiner Schwester eines gelehrt hat, dann Folgendes: Du bist für dein Glück selbst verantwortlich. Es wäre einfach gewesen, für immer im Nebel zu verschwinden, doch damit hätte ich Sophia keinen Gefallen getan. Ab diesem Moment stand meine Entscheidung fest: *„Jetzt erst recht."* Ich wusste, ich DARF glücklich sein. Ich WOLLTE glücklich sein. Und in mir bildete sich die unumstößliche Überzeugung, die mich bis heute trägt: Ich WERDE glücklich sein.

Wo Licht ist, ist auch Schatten, sagt man. Ich sage: Wo Licht ist, war mal Schatten! Denn ich habe es geschafft, in der dunkelsten Stunde zum Licht zu werden und nicht nur meinem Leben Glanz zu verleihen, sondern dabei mein ganzes Umfeld und tausende Menschen mit meinem Coaching, Seminaren und meinem ersten Buch zum Strahlen zu bringen.

Wo auch immer du in deinem Leben gerade stehst: Die Chancen stehen gut, dass ich dich verstehe. Ich weiß, was es bedeutet, wenn das Leben nur noch grau ist. Ich weiß, wie es sich anfühlt, alles aufzugeben und von Null zu beginnen. Ich weiß, wie es ist, wenn das Leben, das du dir gewünscht hast, plötzlich nicht mehr existiert und du versuchst, trotz aller Rückschläge und Herausforderungen glücklich zu sein.

ernigrundner

Mein Leben war schön. Ich hatte einen sehr guten Job, eine Beziehung, die mich fünfeinhalb Jahre glücklich gemacht hatte, und ein Zuhause im schönsten Viertel Münchens – inklusive Hund, abbezahltem Auto und einem Freundeskreis, der mich schon im weißen Kleid mit Babybauch sah. Und doch hatte ich in mir diese Ahnung, dass es da draußen noch so viel mehr geben musste! Wenn du einmal verstanden hast, wie wertvoll das Leben ist, kannst du solch einen inneren Ruf nicht mehr ignorieren. Wenn jeder Tag zählt, gibt es keinen Platz für Kompromisse oder Mittelmäßigkeit. Also brach ich aus. Ich verkaufte mein gesamtes Hab und Gut und begab mich auf eine intensive Reise zu mir selbst.

Ich habe die Entscheidung getroffen, jeden einzelnen Tag zu schätzen. Ich habe gespürt, dass das Glück überall ist. Ich habe die Liebe geschmeckt, die dieses Leben durch jeden Organismus pumpt, und ich habe glückliches Lachen gehört, während andere blind waren für die Schönheit der Welt. Ich habe meine Augen geöffnet für die Details, die selbst die unscheinbarsten Alltäglichkeiten zu kleinen Wundern machen.

Doch was hat das alles mit dir und diesem Buch zu tun? Meine unstillbare Lust auf ein glückliches Leben war nicht zu bremsen und so suchte ich in den verschiedensten Lehren nach Antworten. Ich reiste nach Bali und Indien, absolvierte Ausbildungen zur Yoga-, Achtsamkeits- und Meditationslehrerin und praktizierte Reiki, um ein Gespür für die Energie, die in jedem von uns fließt, zu bekommen. Mein Weg brachte mich in den Austausch mit etlichen Mentoren, Coaches und ich besuchte Seminare, auf denen ich mich irgendwann auch für andere Menschen weiterbildete. Ich lernte Neuro-Linguistisches Programmieren, bildete mich weiter zum NLP Master und sogar zur NLP Trainerin, was meinem Leben einen Turboantrieb und eine nie gekannte Leichtigkeit verlieh. Das Licht, das ich damals für mich und mein Umfeld war, strahlt heute durch meine Arbeit viel weiter, und dafür bin ich zutiefst dankbar.



Das reicht für ein erstes Kennenlernen, du wirst ja im Laufe deines Glücksperiments eh noch mehr über mich erfahren. Du sollst noch wissen, wie wichtig der Weg ist, auf dem du dich befindest, denn ein glückliches Leben ist das wertvollste Geschenk, das du dir machen kannst. Dich auf diesem Weg ein Stück zu begleiten, bedeutet mir viel. Ich wünsche dir, dass du verstehst, dass es da draußen ein Leben gibt, das für dich bestimmt ist. Dass es möglich ist, in allen Bereichen des Lebens Erfüllung zu finden und einen Weg zu wählen, der dir und deiner Persönlichkeit zu 100% entspricht. Egal, ob du dich schon lange mit deinem persönlichen Glück beschäftigst oder ob dieses Buch dein erster Schritt ist: Setze deinen Weg fort! Gestalte dein Leben so, dass es bis zum Bersten mit Glück und Zufriedenheit erfüllt ist. Wenn es uns in den nächsten Wochen gelingt, dich auf diesem Weg weiterzubringen, dann erfüllt das nicht nur dein Leben, sondern auch meine Arbeit, mein Leben und nicht zuletzt das Leben meiner Schwester Sophia mit Sinn.

WENN DU NEUGIERIG AUF MICH UND MEINE ARBEIT BIST, SCANNE DEN QR-CODE, UM DIR EINEN EINDRUCK DAVON ZU MACHEN!

## WAS DIESES BUCH IST – UND WAS NICHT

Hier noch eine Ergänzung zum Thema Verantwortung: Dieses Buch ist keine psychologisch einwandfreie Abhandlung und natürlich ersetzt es auch in keinster Weise eine psychologische Beratung oder medizinische Betreuung. Das Glücksperiment ist eine Sammlung persönlicher und professioneller Erfahrungen, die ich mit wissenschaftlichen Fakten und Forschungsergebnissen zum Thema Glück untermauern kann. Meine Intention: Mit Herz, echten Erfahrungen und Geschichten aus dem Leben mehr Glück in die Welt zu bringen. Das funktioniert in meinen Seminaren sehr gut und auch dieses Buch wird dir dabei helfen können.

Ich lade dich hiermit auf eine Reise zu dir selbst ein. Ich nehme dich mit diesem Buch an die Hand und du wirst auf deiner Reise durch das Glücksperiment spüren, dass du nicht allein bist. Das Glücksperiment wird dich wie meine Seminare Woche für Woche voranbringen und dir zeigen, was in deinem Leben möglich ist. Du wirst auf diesem Weg eine Kraft in dir entdecken, von der du vorher nichts geahnt hast. Dafür ist es wichtig, nicht nur das Licht zu sehen, sondern auch das Wachstumspotenzial auf den Schattenseiten zu erkennen. Sei also mutig und bringe auch die Übungen zu Ende, die sich im ersten Moment schwer anfühlen. Hier steckt oft unser größtes Potenzial. Sei aber auch mutig genug, eine Übung auszulassen, wenn du spürst, dass sie vielleicht zu intensiv ist oder einen Punkt in dir berührt, dem du dich alleine nicht stellen möchtest.

All die Aufgaben in diesem Buch bauen aufeinander auf und sind bewusst genau in dieser Reihenfolge angeordnet. Vertraue dem Weg und vertraue dem Prozess. Wenn du all die Übungen mitmachst, wirst du am Ende deines Glücksperiments voller Dankbarkeit auf diese Reise zurückblicken.

Auch wenn ich das Glücksperiment als Seminar in Buchform betrachte, kann es nicht die Erfahrungen eines echten Seminars, eines Mentorings oder eines Retreats ersetzen. Der Austausch mit Gleichgesinnten, die Tiefe der Übungen und die echten Verbindungen, die eine direkte Interaktion mit Menschen erfordern, kann kein Buch auf dieser Welt bieten.

Und schließlich: Die Verantwortung für deinen Weg liegt vollkommen bei dir. Je engagierter du mit diesem Buch arbeitest, desto größer werden deine Erfolge sein. Ich werde so präsent wie möglich an deiner Seite sein und dich durch Sprachnachrichten, Videos und weitere Inhalte auf deinem Weg begleiten. Rufe dafür einfach die QR-Codes auf, die du immer wieder bei den Übungen findest.

Du bist hiermit eingeladen, deine Erfahrungen mit mir zu teilen. Auf Seite 274 findest du meine Kontaktdaten. Ich freue mich darauf, von deinen Erlebnissen und Erkenntnissen mit dem Glücksperiment zu hören.

Viel Kraft und viel Spaß auf deiner Reise zu deinem persönlichen Glück.

Deine Julia

# DIE KOMPONENTEN DES GLÜCKS

Was verstehst du unter Glück? Wenn du dir diese Frage schon mal gestellt hast, weißt du, wie schwierig es ist, eine klare Antwort zu finden. Ich habe die Frage nach dem Glück hunderten Menschen gestellt und dabei gelernt, dass Glück rein subjektiv ist und jeder etwas anderes darunter versteht. Mit dem Thema Glück beschäftigt sich auch die Forschung ausgiebig. Wissenschaftler aus der ganzen Welt untersuchen Glück aus unterschiedlichen Perspektiven. Und die Ergebnisse ihrer Forschungen zeigen uns, dass wir unser Glücksempfinden bewusst beeinflussen können!

Prof. D. Jan Delhey, Soziologe und Glücksforscher an der Otto-von-Guericke-Universität Magdeburg, erforscht die Lebenszufriedenheit von Menschen. Er entwickelte eine Formel, die Glück messbar macht. Sie sieht so aus: Glück = Haben (finanzielle Bedürfnisse) + Lieben (sozialer Zusammenhalt) + Sein (Sinn erkennen).[1] Das ist jetzt noch etwas abstrakt (vor allem der Teil, in dem Sein bedeutet, Sinn zu erkennen, richtig?), aber du wirst die Formel verstehen, wenn du dein Glücksperiment abgeschlossen hast. Worum es mir jetzt jedoch geht: Die Wissenschaft hilft uns dabei, das Unbegreifliche begreiflich zu machen und aus etwas Abstraktem wie Glück etwas zu machen, über das wir reden und – wichtiger noch – bewusst gestalten können!

Auf den folgenden Seiten lernst du wie das geht und wir gehen auch direkt in die Umsetzung. Und denke immer daran: Wenn deine Reise zum Glück die vielleicht wichtigste Herausforderung deines Lebens ist, dann hältst du mit diesem Buch eine Hälfte der Lösung in deinen Händen. Die andere, viel entscheidendere Hälfte bist du selbst. Du trägst schon so viel Weisheit in dir. Deshalb bleibe kritisch und probiere alles aus, bevor du es glaubst. Teste die Theorien, Übungen und Tipps gründlich durch, bleibe neugierig, wachsam und behalte deine Freude.

# MACHT GELD GLÜCKLICH?

Ich weiß, harter Themenwechsel. Aber wir müssen über Geld sprechen, weil die Frage früher oder später eh auftaucht. Die kurze Antwort lautet natürlich JA! und die etwas längere Erklärung dazu kommt jetzt: Aus meiner persönlichen Erfahrung kann ich sagen, dass ein Leben ohne Geld sehr anstrengend ist. Ich hatte Phasen in meinem Leben, in denen ich mich über eine Woche lang von einem Baguette ernährt habe. Mein Müsli habe ich mit den billigsten Haferflocken gestreckt und drei Jahre in einer 20 Quadratmeter-Wohnung gelebt – zu zweit. Für all meine Ausbildungen, Seminare, Weiterbildungen, Coachings und Studienreisen habe ich Schulden aufgenommen, die sich zu meinen roten Zahlen meines Studentendarlehens addiert haben. Ich weiß, wie es sich anfühlt, Angst vor der nächsten Mahnung zu haben. Been there, done that! War ich in dieser Zeit unglücklich? Nein, aber: Ich weiß, dass ich viel glücklicher gewesen wäre, wenn ich mir um meinen Grundbedarf keine Sorgen hätte machen müssen und dafür mehr Freiräume gehabt hätte.

Mit der Frage, ob Geld glücklich macht, beschäftigen sich natürlich auch viele Wissenschaftler. Stand der Forschung: Menschen aus Schichten mit weniger Wohlstand sind weniger glücklich als wohlhabende Menschen.[2] Autsch! Und im Jahr 2021 kam ein Forscher entgegen bisheriger Annahmen sogar zu der Erkenntnis, dass Geld glücklich und mehr Geld noch glücklicher macht.[3] Eine Erklärung dafür lautet, dass Menschen das Mehr an Geld für zeitsparende Dienstleistungen aufwenden können, wodurch sie mehr Zeit für die Dinge im Leben haben, die wirklich bedeutsam für sie sind.[4] Wohlhabende Menschen können sich beispielsweise Haushaltshilfen leisten und so Zeit bei der Hausarbeit sparen – für viele ein echter Booster für das persönliche Glücksempfinden! Denn Zeitmangel ist laut einer großangelegten Harvard-Studie heutzutage einer der mächtigsten Unglücksfaktoren.[5] Gewisse Ausgaben ermöglichen außerdem Erfahrungen, die zu einem höheren Wohlbefinden beitragen.[6] Kein Wunder! Wenn ich an meine vielen Reisen, die Verbindung zu Menschen, die ich auf Seminaren kennenlernen durfte, oder an Konzerte, Theaterbesuche und das leckere Essen in meinem Lieblingsrestaurant denke, bin ich froh, dass ich das Thema Geld mittlerweile gemeistert habe. Nochmal im Ernst: Macht Geld glücklich? Zumindest sprechen zahlreiche Studien und meine eigenen Erfahrungen dafür, dass wir Geld als ein Mittel zum Glück nutzen können. Aus diesem Grund ist Geld auch ein Thema in meinen Seminaren. Denn wenn wir unser Geld-Mindset ändern und eine positive Beziehung zu Geld aufbauen, können wir in vielen Bereichen viel freier handeln und in Erfahrungen und Träume investieren, die zu unserem Glück beitragen.

# ARBEITE DICH GLÜCKLICH!

Die voraussichtliche Lebensarbeitszeit beträgt in Deutschland 39,1 Jahre.[7] Wenn wir bedenken, wie viele Stunden wir jede Woche mit der Arbeit verbringen, dann kann ich den Einfluss unserer Arbeit auf unser Glück nicht genug betonen. Damit bei dir wirklich kein Zweifel aufkommt, hier noch die wissenschaftliche Untermauerung: Das Roman-Herzog-Institut stellt nach der Auswertung mehrerer Studien zum Thema fest, dass sich die Lebenszufriedenheit um satte 22 Prozent verringert, wenn die Zufriedenheit im Job um ein Prozent sinkt.[8] 22 Prozent zu einem Prozent – Wahnsinn!

Wenn du einen superguten Beruf ausübst – Glückwunsch –, lies bitte trotzdem weiter. Denn hier kommen die Bad News: Du kannst den tollsten Job, die besten Kollegen und den sichersten Vertrag mit komfortablem Gehalt haben – und trotzdem unzufrieden sein. Als ich aus meinem alten Leben ausgebrochen bin, war ich weder unglücklich mit meinen Aufgaben, noch hatte ich Kollegen, die mir das Leben schwermachten. Ich hatte einen Job, für den wohl viele Menschen ihren kleinen Finger geopfert hätten. Als ich diesen Job gekündigt habe, war ich gerade mal einen Monat in der Position, auf die ich über sieben Jahre hingearbeitet hatte. Was mich dazu gebracht hat, meinen Traum in dem Moment hinzuschmeißen, in dem ich ihn verwirklicht hatte? Ganz einfach: Ich hatte das Gefühl, dass mehr auf mich wartet. Erinnerst du dich an meine Anmerkung zu den Kompromissen? Ich konnte es nicht ertragen, zu wissen, dass ich in diesem Job nie voll aufgehen würde. Ich wusste noch nicht einmal, was ich brauchte, um in meiner Arbeit Erfüllung zu finden. Aber ich wusste: Es muss möglich sein, einen Beruf auszuüben, der sich nicht nach Arbeit anfühlt und der mir das Gefühl gibt, etwas Sinnvolles zu tun.

Heute ziehe ich Menschen an, die nach Antworten auf die Frage nach dem nächsten Schritt im Leben suchen. Ich bin überzeugt davon, dass Menschen danach streben, sich mit den Leuten zu umgeben, die ihnen guttun. Meine Erfahrung im persönlichen Leben und in meiner Arbeit bestätigt: Die Angst zu überwinden, erzeugt unglaubliche Glückserfahrungen. Nach dem Glück zu suchen und Anker hinter sich zu lassen, die uns in der Vergangenheit festhalten, ist eine große Herausforderung und kann eine echte Prüfung sein. Ich bin froh, dass ich diese Prüfung bestanden habe. Am Anfang der Reise zum persönlichen Glück stehen große Fragen, die es verdienen, beantwortet zu werden: Wer bin ich, wenn ich wirklich ich bin? Wer möchte ich sein? Was ist mir wichtig und wo sind meine Stärken? Wer sich selbst genau kennenlernt, wird es im Anschluss auch leichter haben, seinen Weg im Leben zu finden. Den richtigen Beruf zu finden oder zu erfinden, ist dann nur eine – ziemlich wichtige – Aufgabe auf diesem Weg.

# DER KÖRPER UND DAS GLÜCK

Dieses Buch plädiert an dich, die Verantwortung für dein Glück zu übernehmen. Aber: Wie weit können wir unser Glück überhaupt selbst beeinflussen? Ist es reine Einstellungssache oder werden wir einfach glücklich oder unglücklich geboren?

Dr. Sonja Lubomirskys *„Glückskuchen"* erklärt, wie sich das Glückspotential zusammensetzt. Ihr Kuchen hat nur drei Stücke und die sind wie folgt aufgeteilt: Unsere tatsächliche Lebenssituation beeinflusst unser Glückspotential nur zu 10%, zu 40% können wir unser Glück selbst direkt beeinflussen. Doch zu satten 50% ist unser Glück genetisch, beziehungsweise biologisch vorbestimmt.[9] Gibt es also ein Glücksgen? In gewisser Weise ja: Der Neurowissenschaftler Dr. Burkhard Pleger sagte im MDR in einem Beitrag zum Glück, dass bestimmte Kombinationen von Genen zu einem glücklichen Leben beitragen. Er bezieht sich dabei auf Glücksfamilien, die, ohne viel zu überlegen sehr zufrieden mit ihrem Leben sind.[10] Das Potential für ein glückliches Leben steckt aber in allen von uns. Denn egal wie die Gene sich verteilen: Wir sind alle in der Lage, Glückshormone zu produzieren.



Biochemisch betrachtet sind Glückshormone Botenstoffe, die das Wohlbefinden in unserem Körper steigern, indem sie zum Beispiel ein Gefühl der Entspannung auslösen oder Schmerzen lindern. Glückshormone sorgen dafür, dass wir uns gut fühlen. Die wichtigsten Glückshormone sind Dopamin, Serotonin, Oxytocin und Endorphine. Der Körper schüttet diese Hormone aus, wenn wir bestimmten Reizen ausgesetzt sind.[11] [12] Das passiert zum Beispiel, wenn wir etwas lernen, Sex haben oder unser Lieblingslied hören. Außerdem kann unsere Ernährung einen Einfluss auf unseren Glückshormonhaushalt haben, da bestimmte Lebensmittel zur Ausschüttung von Dopamin führen.[13] Auch steht sie in Zusammenhang mit unserer Gesundheit. Eine Studie des Sinus-Instituts identifiziert eine schlechte Gesundheit als häufigsten Faktor, der Glück verhindert.[14] Eine gesunde, ausgewogene Ernährung, basierend auf den Bedürfnissen deines Körpers, ist ein echter Glücksbooster![15]

Lass uns noch kurz über dein Nervensystem reden. Das hat nämlich auch erheblichen Einfluss auf dein Glücksempfinden. Denn es beeinflusst, wie wir mit den Situationen in unserem Alltag umgehen und wieviel Stress wir dabei empfinden. Vereinfacht gesagt: Sind wir gestresst oder werden wir durch einen Stressor getriggert, springt unser sympathisches Nervensystem an und katapultiert uns straight in den *„Fight or Flight"* – Modus.[16] Evolutionär betrachtet ist das eine gute Sache, wenn unsere Vorfahren innerhalb von Sekundenbruchteilen entscheiden mussten, ob sie kämpfen oder vor dem Säbelzahntiger davonlaufen sollten. Dieser Mechanismus half (und manchmal hilft er heute immer noch) dabei, bei

Gefahr angemessen zu reagieren.[17] Leider sorgt er auch dafür, dass wir uns heutzutage viel zu häufig im Stress befinden. Stichwort: chronischer Stress! Die wissenschaftlich belegten Folgen sind Erschöpfung, schlechter Schlaf, Mangel an Kreativität und ein geschwächtes Immunsystem.[18] Du weißt, was das heißt, wenn du immer müde bist, trotzdem schlecht schläfst, dein Hirn kein Feuerwerk mehr abfeuert und du auch noch ständig kränkelst? Richtig – du wirst unglücklich! Du wirst sogar Probleme haben, dich auf geliebte Menschen einzulassen, wenn du ständig gestresst bist.[19] Du solltest also langfristig darauf achten, den Stress in deinem Leben zu regulieren. Ein schneller Weg aus dem negativen Stress heraus ist dein Atem. Denn dieser ist direkt mit deinem Nervensystem verbunden. Dein aktueller Stimmungszustand ließe sich zum Beispiel über den Atem messen: Wenn du angespannt bist, atmest du flach und schnell. Bist du jedoch relaxed, geht dein Atem tief und lang.[20] Wusstest du, dass Atem und Emotionen sich gegenseitig bedingen? Eine bestimmte Emotion ist mit einem bestimmten Atemrhythmus verbunden – und andersherum! Das heißt, wir können mit Hilfe unseres Atems gezielt bestimmte Emotionen auslösen.[21] Auch die Wissenschaft bestätigt, dass Atemübungen ein effektives Mittel gegen angespannte Zustände sind.[22] Damit ist unser Atem ein Wundermittel, das es uns ermöglicht, bewusst auf unsere Stimmung – und damit auf unser Glück – Einfluss zu nehmen.

# GLÜCK IST EIN RUDELTIER!

Ich bin manchmal ein eigennütziger Mensch. Denn neben einem sinnstiftenden Beruf baue ich mir durch meine Seminare ein Umfeld voll positiver Menschen und tiefer Verbindungen auf – und damit auch einen Raum, in dem ich einfach ich selbst sein kann. Was mich auf meinen Bali-Reisen so begeistert hat, habe ich mir damit nach Deutschland geholt, um mich auch hier mit Leuten zu verbinden, die viel von ihrem Leben erwarten. Ich will mich gesehen fühlen, sicher und gut aufgehoben sein und Freundschaften fürs Leben aufbauen und in diesem Umfeld meine Potentiale entfalten. Wie fühlt sich das für dich an? Klingt gut, oder?

Ich bin in meinem Leben schon so oft umgezogen, dass ich irgendwann aufgehört habe, zu zählen. Kein Wunder, dass mein Freundeskreis aus wenigen Menschen besteht. Häufig habe ich mich *„anders"* gefühlt als ich mich nach kurzer Zeit in einem neuen Umfeld orientieren musste. Trotz der vielen Umzüge sind einige Freunde jedoch geblieben. Sie sind beständig an meiner Seite und wir halten trotz räumlicher Distanz den Kontakt. Hast du feste, tiefe Verbindungen zu anderen Menschen? Die längste Glücksstudie aller Zeiten ging über 75 Jahre und hat belegt, dass der wichtigste Faktor für ein glückliches Leben gute, stabile Beziehungen sind.[23] Noch einmal: Der wichtigste Faktor für ein glückliches Leben sind gute und stabile Beziehungen zu anderen Menschen! Dabei geht es nicht um die Anzahl deiner Freunde, sondern um die Qualität der Beziehungen. Wenn wir uns ein glückliches Leben wünschen, ist es wichtig, unsere Beziehungen zu anderen Menschen einzubinden. Jetzt kommt noch ein Satz zum Merken: Glückliche Menschen sind gut darin, Beziehungen einzugehen.[24]

Du kennst bestimmt den Spruch: *„Man kann andere nur lieben, wenn man sich selbst liebt."* Schaffen wir es, eine gute und stabile Beziehung zu uns selbst aufzubauen, fällt es uns leichter, mit anderen Menschen in Kontakt zu treten. Wir halten fest: Enge Freundschaften tragen zum Glück bei. Und Menschen, die mit sich selbst im Reinen sind, können tiefere Bindungen eingehen. Also kümmere dich um dich selbst, damit du gute Beziehungen aufbauen und dabei glücklich werden kannst!

# UNSER UMFELD

Dieses Buch entstand in einem Umfeld, das Kreativität und Wohlbefinden fördert. Meine kleine Küche in Hamburg war dafür genauso ungeeignet wie das Büro, aus dessen Fenster ich eine Aussicht auf Betondschungel und einen von Regenwolken bedeckten Himmel hatte. Das erste Glücksperiment entstand auf Bali und den Gili Inseln und so sollte auch dieses Buch in einer inspirierenden Umgebung entstehen. Also schrieb ich 2021 in Spanien am Strand, auf dem Bauch liegend, die Füße im warmen Sand und den Blick über das Meer. Ich spürte hier das erste Mal seit langem, wie sehr mir die Stadt, in der ich sonst lebte, meine Energie auszusaugen schien. Und ich spürte wie gut mir Stille und Natur taten. Du brauchst kein Studium, um zu verstehen, wie sehr sich dein Umfeld auf dein Glücksempfinden auswirkt. Dennoch möchte ich dir hier eine erstaunliche Zahl präsentieren. Wissenschaftler können belegen, dass wir 50% kreativer sind, nachdem wir uns vier Tage in der Natur aufgehalten haben.[25] Schon 1982 regte die japanische Forstbehörde dazu an, Waldausflüge als Bestandteil eines guten Lebensstils zu etablieren. Heute ist der Begriff *„Waldbaden"* und seine positive Wirkung weithin bekannt.[26] Wie wichtig unsere Umgebung für uns ist, wurde mir in Spanien wieder richtig klar und ich habe mir so schnell wie möglich eine Wohnung in einer ruhigeren Gegend gesucht, um mehr im Grünen zu leben. Achte unbedingt darauf, wie du dich fühlst, nachdem du eine Weile in der Natur verbracht hast. Doch nicht nur die Natur ist mit unserem Umfeld gemeint. Es sind auch Mitmenschen, die Ordnung oder das Chaos bei uns zu Hause, unser Lebensstil und viele weitere Faktoren, die uns Energie und Kraft spenden oder rauben, wenn wir uns ihnen aussetzen.

# IST GLÜCK VIELLEICHT EINSTELLUNGSSACHE?

Ja, natürlich. Glück ist Einstellungssache. Oder noch deutlicher: Glück ist deine Entscheidung! Du kannst dich jeden Tag aufs Neue entscheiden, ob du in den Job gehst, der dir seit Jahren eigentlich die Energie aussaugt. Du kannst dich entscheiden, welche Menschen du triffst, wem du deine Zeit schenkst, was du täglich konsumierst und wofür du dein Geld ausgibst, um nur ein paar Beispiele zu nennen. Wenn du dich bisher gegen dein Glück entschieden hast, dann gehörst du vielleicht zu den Menschen, bei denen im Kopf negative Gedanken in Dauerschleife spielen und du suchst – wahrscheinlich unbewusst – nach Problemen statt nach Möglichkeiten. Aber jetzt kommt eine wichtige, unglaublich schöne Nachricht, die von der Neurowissenschaft bestätigt ist: Das Gehirn und unsere Denkmuster können wir wie Muskeln trainieren. Wir können durch Übungen lernen, unser Denken zu ändern![27] Nur weil jemand heute so ist, heißt das nicht, dass er oder sie immer so sein muss. Toll, oder?

Achtung: Eines der größten Missverständnisse zum Thema Glück ist die Annahme, dass wir glücklich werden müssen, um glücklich zu sein. Klingt erst einmal verwirrend, aber pass auf! Schon das ständige Streben nach Glück kann ganz schön belastend sein und eher den gegenteiligen Effekt bewirken.[28] Vielleicht kommt dir dieser Satz oder eine seiner Varianten bekannt vor. *„Ich bin glücklich, wenn…"*

*„…ich meinen Abschluss habe!"*
*„…ich endlich den Mann gefunden habe, der mich heiraten wird!"*
*„…mein Chef mir mehr Gehalt zahlt!"*
*„…ich in einer schönen Wohnung lebe!"*

Wir denken, dass uns das Erreichen eines bestimmten Ziels in der Zukunft glücklich macht. Dabei geht es beim Glücklichsein darum, zu verstehen: Wir können heute hier und jetzt glücklich sein.

Wer sein Glück in der Zukunft sieht und mit dem Erreichen von Zielen verbindet, wird das Glück im Hier und Jetzt nicht erkennen. Und vermutlich ein Leben lang auf der Suche danach sein. Ein tragischer, trauriger Gedanke, oder? Lass uns folgendes Bild versuchen: Glück ist ein strahlender Diamant, der in uns liegt und vielleicht von ein paar Staubschichten bedeckt darauf wartet, geborgen und abgestaubt zu werden. Das Schöne ist: Um glücklich zu sein, brauchst du nur dich selbst. Das Glück ist bereits in dir. Du musst es nur entdecken.

# Die acht Glücksblocker

Wenn du dich mit dem Thema Glück beschäftigst, dann solltest du dir auch die Frage stellen, was Glück in deinem Leben verhindert. Wieso sind Menschen häufig so unglücklich? Was hindert uns daran, die Entscheidungen zu treffen, die uns glücklich machen, und die Dinge zu tun, von denen wir wissen, dass sie uns guttun? Was hält uns davon ab, uns ein Leben aufzubauen, das wirklich für uns bestimmt ist und in dem wir in Einklang mit unseren Werten und unserer Persönlichkeit leben? Warum schleppen sich so viele Menschen jeden Morgen in die Arbeit, um nur aufs Wochenende hinzuarbeiten, und warum bleiben sie verdammt nochmal in Beziehungen, von denen sie längst wissen, dass sie ihnen schaden? Ich weiß, das waren jetzt ziemlich viele Fragen. Ich wette, die kommen dir aber alle bekannt vor. Jedenfalls sah es so in meinem Kopf aus, als ich mit meiner Arbeit begonnen habe. Und diese Fragen haben mich extrem neugierig gemacht – ich brauchte unbedingt Antworten auf diese Fragen, an denen immerhin das Glück der Menschheit hängt!

Also habe ich einen Aufruf gestartet und über 300 Menschen befragt, um herauszufinden, was sie unter einem glücklichen Leben verstehen – und warum sie vielleicht noch nicht ganz dort sind, wo sie gerne sein wollten. Monate sind in diese Interviews und deren Auswertung geflossen. Und es hat sich gelohnt! Ich konnte herausfinden, dass wir gar nicht so viele Gründe haben, uns vom Glück fernzuhalten. Insgesamt konnte ich auf Basis meiner Forschungen acht Glücksblocker identifizieren. Die Glücksblocker sind neben der streng wissenschaftlichen Komponente und meinen eigenen tiefgreifenden Erfahrungen die Basis für meine Seminare, mein Coaching und auch für dieses Buch. Im Laufe deines Glücksperiments wirst du in die verschiedenen Bereiche eintauchen und erste Schritte unternehmen, um deine Glücksblocker nach und nach aufzulösen, sodass deinem Glück – diesem strahlenden Diamanten! – nichts mehr im Wege steht.

# GLÜCKSBLOCKER: KOMFORTZONE

*„Ich bin gefangen. Gefangen in meiner Komfortzone"*, hat eine meiner Interviewpartnerinnen gesagt und damit das Problem mit unserem ersten Glücksblocker treffend benannt. Denn die Komfortzone zu verlassen, gehört zum Glücklichsein einfach dazu. Prof. Dr. Jan Delhay empfiehlt für mehr Zufriedenheit und Glück im Leben: *„Gewohnheiten ablegen, alles einmal anders machen als sonst und sich überraschen lassen, was passiert."*[29]

In meinen Interviews entdeckte ich schnelle einen roten Faden, den viele meiner Befragten teilten: Ein glückliches, erfülltes Leben scheiterte an der mangelnden Bereitschaft, Verantwortung zu übernehmen und die Entscheidungen zu treffen, die für das persönliche Glück so wichtig gewesen wären.

Ein Beispiel: Viele meiner Interviewpartner fühlten sich abhängig von äußeren Umständen oder anderen Menschen. Sie merkten, dass sie, anstatt den eigenen Vorstellungen zu folgen, nur nach den Erwartungen anderer lebten. Und das behinderte ihr Glück. Viele, viele Menschen spüren, dass etwas in ihrem Leben fehlt, doch ihnen fehlt die Kraft oder der Wille, etwas daran zu ändern.

Bei meinen Klienten finden wir heraus, wo sie es sich bequem gemacht haben, und entwickeln den Mut, den sie benötigen, um ihre Komfortzone zu verlassen. So erarbeiten sie sich einen Handlungsfreiraum, in dem sie ihr Leben so gestalten können, wie es sich für sie gut anfühlt.

Lass uns in den folgenden Wochen mehr Mut in die Welt bringen und lass uns bei dir anfangen. Vielleicht wirst du mit deinem Vorbild andere inspirieren, sich ein Stück weit aus ihrer Komfortzone zu bewegen, sodass sie ihren Herzenswünschen folgen können. Wäre das nicht wunderbar?

# GLÜCKSBLOCKER: LEBENSSTRUKTUR

Es klingt so banal wie hart: Wenn wir unglücklich sind, haben wir uns wahrscheinlich selbst ein Leben aufgebaut, das uns nicht glücklich macht. Meine Befragten gaben an, in den verschiedensten Lebensbereichen wie Beziehung, Beruf, Wohnort und Finanzen noch nicht ganz glücklich zu sein. Einige von ihnen wohnten in der Stadt, obwohl sie sich nach mehr Ruhe sehnten, andere verfolgten einen Beruf, der längst nicht mehr zu ihnen passte, oder sie trauten sich nicht, sich von ihrem Umfeld abzugrenzen und sich selbst an die erste Stelle zu setzen. Dieses Anpassen kostet unglaublich viel Energie. Da ist es kein Wunder, dass sie ihr Glück nicht wirklich entfalten konnten.

Zu unseren Lebensstrukturen gehören auch das persönliche Zeitmanagement und das Selbstmanagement – Stichwort Aufschieberitis. Es ist wichtig, genau zu reflektieren, ob das Leben, das wir gerade führen, zu unseren Werten und unserer Persönlichkeit passt, oder ob wir, vielleicht unbewusst, eine Diskrepanz zwischen unserem Innen und unserem Außen geschaffen haben. Schon die Erkenntnis, dass die Lebensstrukturen, die sich meine Klienten selbst aufgebaut haben, nicht zu ihren Bedürfnissen passen, ist für viele von ihnen bereits ein echter Gamechanger. Und mit den richtigen Routinen, genügend Energie und einem klaren Ziel schaffen sie es, sich das Leben aufzubauen, das sie wirklich wollen. Das Ergebnis: Sie verbessern ihre Beziehungen, gehen wach und energetisch durch den Tag und freuen sich auf ihre Arbeit und darauf, sich in ihrer Freizeit etwas Gutes zu tun.



# GLÜCKSBLOCKER: ÄNGSTE

Ängste spielen im Leben unglücklicher Menschen eine große Rolle. Daher hat es mich nicht überrascht, dass ich in den Aussagen meiner Befragten immer wieder heraushören konnte, dass Zweifel, Sorgen und Ängste sie davon abhielten, glücklich zu sein. Ein gutes Beispiel ist die Angst, abgelehnt zu werden. Diese Angst veranlasst viele Menschen dazu, sich zu verstellen, *„Gute Miene zum bösen Spiel"* zu machen oder sich so klein zu halten, dass sie ja nicht auffallen. Doch natürlich gibt es auch ganz andere Ängste, die meine Befragten nannten: Angst vor den Folgen von Veränderung, Verlustangst, Angst vor Mangel an Ressourcen, Versagensangst, Angst vor dem Alleinsein und viele weitere. Symptome dieser Ängste sind Ausreden, die wir uns immer wieder erzählen: *„Ich bin noch nicht bereit"*, *„Wenn ich das und das erreicht habe, dann kann ich glücklich werden"*, *„Ach, so schlimm ist es doch gar nicht."* Bullshit! Wie eine Seminarteilnehmerin gut erkannte: *„Die Ängste halten mich davon ab, das zu tun, was wichtig ist."*

Stell dir mal vor du hättest den Mut, endlich die Dinge zu machen, vor denen dich deine Ängste bisher abgehalten haben! Eine meiner Seminarteilnehmerinnen hat im Kurs endlich den Mut gefunden, nach zehn Jahren Spätschicht in die Frühschicht zu wechseln, um mehr Zeit mit ihrem Kind verbringen zu können, und eine andere tolle Frau hat die Angst besiegt, die sie davon abhielt, sich endlich für eine angemessene Bezahlung einzusetzen, wodurch sich ihr ganzer Lebensstandard verbessert hat. Kannst du dir vorstellen, was auf der anderen Seite der Angst auf dich wartet? Ich wünsche dir von ganzem Herzen, dass du im Laufe dieses Buches einige deiner Ängste überwinden kannst und deine eigenen Erfahrungen sammelst.

## GLÜCKSBLOCKER: ALTE PROGRAMMIERUNG

Eine alte Programmierung kann in Sachen Glück wie eine angezogene Handbremse wirken. In unserem Gehirn laufen die verschiedensten Programme, die unsere Wahrnehmung beeinflussen. Sie sind Denkmuster, die wir durch unsere Erfahrungen prägen, und sie haben ihren Ursprung meist in unserer Kindheit. Diese Programme sind weder gut noch schlecht. Sie sind halt in bestimmten Situationen einfach weniger nützlich. Je nach Situation kann es sehr hilfreich sein, nach Gemeinsamkeiten zu suchen oder eben gut darin zu sein, Unterschiede zu finden. Einige Menschen haben gelernt, nach dem Ausschau zu halten, was sie sich wünschen, während andere den Blick eher auf Probleme richten. Es gibt etliche dieser Programme, doch die Botschaft sollte bereits klar sein: Diese Programme haben einen erheblichen Einfluss auf unser Glücksgefühl.

Auch Glaubenssätze wirken wie alte Programmierungen, die uns wie eine unterbewusste Stimme lenken. Sie formen unsere tiefen Überzeugungen und können, wenn sie positiv sind, wie ein Turboantrieb in unserem Leben wirken. Im schlimmsten Fall aber sind sie die erwähnte Handbremse, die uns davon abhält, das Beste aus unserem Leben zu machen.

Ich habe Menschen begleitet, die sich über Jahre immer wieder in ähnliche toxische Beziehungen begeben haben. Sie waren sehr unglücklich, wussten aber nicht, warum sie immer wieder in solchen Beziehungen *„gelandet“* sind, bis wir die unbewussten Glaubenssätze und Programmierungen ans Licht geholt und verändert haben. Es dauerte nicht lange, waren die richtigen Partner gefunden und sie konnten in einer bisher unbekannten Leichtigkeit leben. Du siehst, es lohnt sich durchaus, den alten Programmen ein Update zu verpassen und damit die Handbremse zu lösen!

# GLÜCKSBLOCKER: GLÜCKSKOMPETENZ

Unter Glückskompetenz verstehe ich die Fähigkeit, flexibel auf die verschiedenen Herausforderungen des Lebens reagieren zu können. Dazu gehört ein wertschätzender Umgang mit *„Fehlern"*, die Akzeptanz aller Gefühle und unsere Fähigkeit, nach vorne zu schauen, wenn das Leben nicht so läuft, wie wir es uns wünschen. Denn egal wie du dich persönlich entwickelst, deine Achtsamkeit schulst, egal wie viele Bücher du liest und wie viele Glücksjournale du durcharbeitest: Vor einem Leben ohne Rückschläge kann dich all das nicht bewahren. Das muss auch gar nicht sein, denn wenn du lernst mit den Herausforderungen des Lebens flexibel umzugehen, kannst du dein Glück schnell zurückgewinnen, sollte es dir mal entgleiten.

Wir können lernen, die verborgenen Schätze in den größten Misthaufen des Lebens zu bergen. Es ist möglich, aus einem Gefühlstief wieder zu mehr Fröhlichkeit zurückzukehren und Herausforderungen als Wachstumschancen anzunehmen. Eine Klientin erzählte mir einmal, dass sie zu Hause bei ihren Eltern rausgeflogen sei und nun auf eigenen Beinen stehen müsse. Ihr Schmerz war groß und sie sehnte sich nach ihrem gewohnten Umfeld und der Hilfe ihrer Mutter. Während unseres Gesprächs fand sie heraus, dass sie gerade, ohne es zu merken, das größte Geschenk erhalten hatte. Sie durfte nun das erste Mal die Verantwortung für sich selbst übernehmen und lernen, ohne die Hilfe ihrer Mutter zu überleben. Diese Erfahrung hat sie ihre ganze Selbstwirksamkeit spüren und ihr Selbstwertgefühl wachsen lassen. Das Umdenken in dieser Krise hat ihr geholfen, leichter mit der Situation umzugehen und nach Wochen der Wut und der Traurigkeit wieder Hoffnung und Mut zu schöpfen. Du siehst, mit einer ausgeprägten Glückskompetenz können wir, anstatt im Sturm des Lebens unterzugehen, auf den Wellen reiten und obenauf sein.

# GLÜCKSBLOCKER: BEZIEHUNG ZU SICH SELBST

Das Thema habe ich schon angedeutet: Heutzutage verlieren viele Menschen die tiefe Verbindung zu sich selbst und finden dadurch nicht mehr ins Glück. Das bedeutet für die Betroffenen zum Beispiel, dass sie sich häufig kritisieren, ihre innere Stimme sie klein hält oder sie sich selbst gegenüber gar keine Wertschätzung und Liebe aufbringen können.

Stell dir mal die folgende Frage und checke für dich selbst, wie es um deine Beziehung mit dir selbst bestellt ist: Kennst du deinen eigenen Wert? Nimmst du Hilfe von anderen an? Vertraust du deiner Intuition oder richtest du dich eher nach der Meinung anderer? Wie geht es dir, wenn du allein bist? Wie sehr bleibst du dir selbst treu, wenn andere dabei sind? Nimmst du dir Zeit für dich und gönnst du dir auch mal Dinge wie einen Spa-Besuch, Blumen oder einen ausgedehnten Spaziergang – nur für dich selbst?

Wenn du deine Beziehung zu dir selbst stärken willst, darfst du ganz allgemein gesagt daran arbeiten, zu deinem eigenen besten Freund zu werden. Deine Beziehung zu dir selbst ist die Grundlage deines glücklichen Lebens. In einem Seminar habe ich die Metapher der 1,90-Meter-Frau entwickelt. Eine Teilnehmerin staunte, dass sie während unserer Arbeit persönlich so sehr gewachsen sei und sich selbst endlich in ihrer ganzen Größe wahrnehmen und lieben konnte. Früher hätte sie ihre Beziehung zu sich selbst als *„nicht vorhanden"* eingestuft.

Mit einer starken und tiefen Beziehung zu dir selbst triffst du automatisch die Entscheidungen, die dich glücklicher und dein Leben lebenswerter machen. Du erlaubst dir, größer zu träumen, traust dich, für dich einzustehen und kümmerst dich darum, dass es dir gut geht. And the good news are: All das kannst du lernen, und wenn du diese Worte liest, hast du bereits den ersten Schritt getan.



## GLÜCKSBLOCKER: SELBSTKENNTNIS

Verwundert es dich, dass ein Mangel an Kenntnis über sich selbst ein Glücksblocker ist? Wenn ich an meinen eigenen Weg zurückdenke, hat mir die Einsicht darüber, wer ich bin und auf welche Art ich mein Leben gestalten will, geholfen, heute so glücklich zu sein.

Es gibt so viele Menschen, die sich selbst noch nie gefragt haben, was sie denn wirklich vom Leben wollen und wer sie sein möchten. Häufig führen sie ein Leben, in das sie, wie einige meiner Befragten sagten, *„hineingerutscht"* seien. Damit verstoßen sie, ohne es zu merken, gegen eigene Werte und unbewusste Wünsche, die in ihnen schlummern. Hier sehen wir wieder die Diskrepanz zwischen dem Innen und dem Außen – erkennst du das? Das Resultat dieser Diskrepanz sind Energielosigkeit, Antriebslosigkeit, Traurigkeit, und ein Leben, das sich wie ein zäher Kaugummi anfühlt und dem jede einst so knallige Farbe und der frische Minzgeschmack einfach ausgelutscht wurden – bäh! Wer hat denn bitte Lust auf alte Kaugummis? Deshalb ist diese Frage eine der besten, die du dir stellen kannst: Wer bin ich und was will ich vom Leben?

Lerne dich selbst kennen, gehe auf eine Entdeckungsreise zu dir selbst und finde heraus, wer oder was in dir schlummert. Je intensiver du mit dir verbunden bist und dem folgst, was du willst, desto mehr Energie und Glück sprudeln aus dir heraus! Kein Wunder, dass viele Menschen nach einem Sabbatical oder einer längeren Reise nicht mehr in ihren Job zurückwollen oder ihr Leben viel bewusster leben. Eine noch bessere Möglichkeit, dich selbst richtig kennenzulernen, bieten meiner Meinung nach Seminare und Coachings, in denen du dich ganz gezielt und unter Anleitung mit dir selbst beschäftigst. Ich nutze selbst noch diese Möglichkeiten, denn ein Blick von außen hilft ungemein, wenn du nach innen gehen willst. Dich selbst kennenzulernen ist das schönste Abenteuer, auf das du dich begeben kannst und ich verspreche dir: Es lohnt sich!

## GLÜCKSBLOCKER: UMSETZUNG

Der letzte Glücksblocker ist die einfache Handlung, beziehungsweise das Nicht-Handeln. Handeln bedeutet für mich, Dinge, die wir verändern möchten, auch tatsächlich anzugehen und zu verwirklichen. *„Julia, ich weiß ja, dass ich etwas ändern will, aber ich komm einfach nicht in die Umsetzung!"* So hört es sich an, wenn jemand verstanden hat, dass in seinem Leben mehr Leben auf ihn wartet, aber der innere Schweinehund noch die Zügel in der Hand hält. So gibt es Menschen, die sich neben dem Familienalltag Zeit für sich nehmen wollen, es aber nie machen. Andere möchten schon seit Jahren verreisen, haben sich aber nie getraut auf *„Jetzt buchen!"* zu drücken. Es gibt Menschen, die sich nach einer beruflichen Veränderung sehnen, sich aber seit Jahren nicht überwinden konnten, die erste Bewerbung abzuschicken. Das erste Date nach einer Enttäuschung, endlich mal wieder Sport machen oder ein lang ersehntes Projekt beginnen: Der Wunsch, die eigenen Träume zu realisieren, ist oft schon da. Es dann wirklich zu tun, ist für viele Menschen schwer. Aber nicht mit mir! Wer sich einmal für den Weg mit mir entscheidet, wird umsetzen. Zwar werde ich hier im Gegensatz zum Coaching oder Mentoring nicht das Telefon in die Hand nehmen, aber als glücklicher Besitzer dieses Buches darfst du dich auf viel Motivation zwischendurch und zwei ganze Kapitel freuen, die sich diesem Thema widmen. Denn was bringt es dir, zu wissen, wer du bist und wie du dir dein glückliches Leben vorstellst, wenn du diese Vorstellung nicht wahr machst?

## DU MÖCHTEST DIR ETWAS ZU DEN GLÜCKSBLOCKERN NOTIEREN?

Hier hast du die Gelegenheit, deine Gedanken und Gefühle dazu aufzuschreiben. Was ging dir durch den Kopf, als du von den Glücksblockern gelesen hast? Welche Glücksblocker haben dich aufhorchen lassen und Gefühle in dir ausgelöst?

NOTIZEN

# Das Rad des Glücks

Du hast nun einen ersten Überblick über die Faktoren, die das Glück in deinem Leben beeinflussen, und du weißt, warum so viele Menschen Schwierigkeiten haben, wirklich glücklich zu sein. Dieses Buch hilft dir dabei, deine Glücksblocker zu finden und deinem persönlichen Glück den Weg zu ebnen. Stell dir mal vor, was es für dich bedeuten würde, genau zu verstehen, was dich glücklich und was dich unglücklich macht – und du ganz genau weißt, was du tun musst, um dein Glück positiv zu beeinflussen! Damit du ein Gespür dafür bekommst, wie weit deine Glücksressourcen entwickelt sind, arbeiten wir in diesem Buch mit dem Rad des Glücks. In Woche zwei darfst du direkt damit loslegen und das Rad des Glücks selbst ausprobieren. Es basiert auf dem Rad des Lebens von Paul J. Meyer und es zeigt dir, in welchen Bereichen deines Lebens du noch etwas nachjustieren kannst, um dein volles Glückspotenzial zu entfalten.



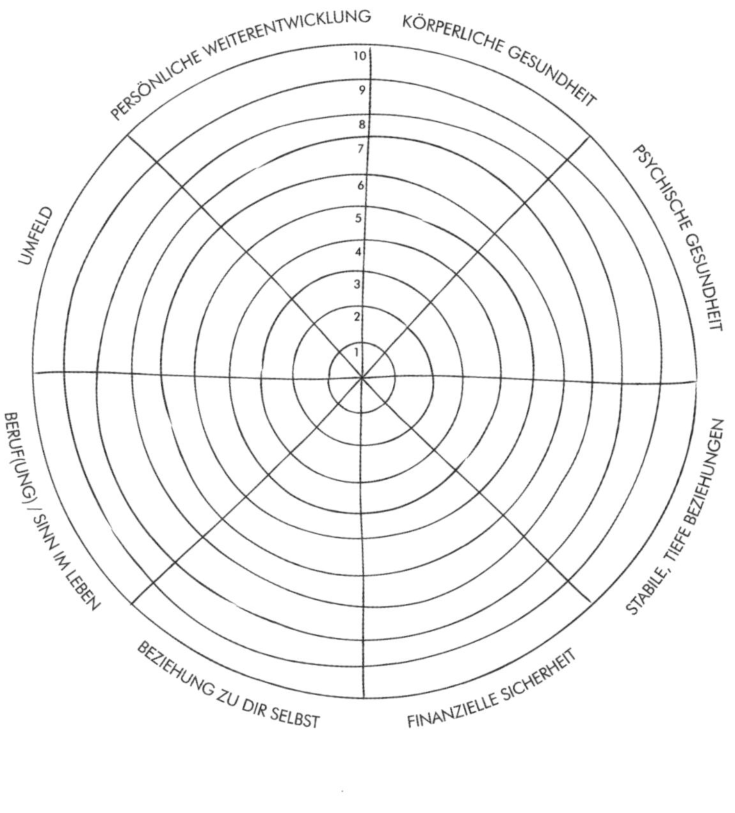

## KÖRPERLICHE GESUNDHEIT

Unter deine körperliche Gesundheit fallen im Zusammenhang mit Glück nicht nur ein gesunder Körper, sondern auch Faktoren wie deine Ernährung, Schlaf, ausreichend Bewegung und regelmäßige Entspannung.

## PSYCHISCHE GESUNDHEIT

Die psychische Gesundheit umfasst die Fähigkeit, Glück zu empfinden, deinen Fokus auf positive Dinge zu lenken und mit den Herausforderungen deines Lebens auf gesunde Weise umzugehen.

## STABILE, TIEFE BEZIEHUNGEN

Hiermit sind deine Beziehungen zu anderen Menschen gemeint. Es zählt dabei nicht die Anzahl der Beziehungen in deinem Leben, sondern ihre Qualität. Tun dir deine Partnerschaft, die Beziehungen in deiner Familie, deine Freundschaften und Kollegen gut oder beeinflussen sie dich negativ?

## FINANZIELLE SICHERHEIT

Wir haben bereits erfahren, dass Geld dein Glück stark beeinflussen kann. Machst du dir oft Sorgen um deine finanzielle Situation oder hast du genug Geld, um dir ohne Bedenken etwas Gutes zu tun und dir die Freiräume zu nehmen, die du dir wünschst?

## BEZIEHUNG ZU DIR SELBST

Weißt du, wer du wirklich bist und lebst du auch danach? Sagst du *„Ja!"* zu dir und traust du dich, auch mal Grenzen zu setzen, wenn dir etwas oder jemand nicht guttut? Nimmst du dir regelmäßig Zeit für dich? Kurz: Wie ist die Beziehung zum wichtigsten Menschen in deinem Leben: zu dir selbst?

## SINN IN DEINEM LEBEN

Gehörst du zu den Menschen, die ganz in ihrem Beruf aufgehen, Sinn in ihrer Arbeit sehen und gerne tun, was sie tun? Hast du eine Aufgabe in deinem Leben, die dich und deine ganz persönlichen Bedürfnisse erfüllt und dich glücklich macht?

## DEIN UMFELD

Hier geht es um dein Umfeld und wie wohl du dich darin fühlst. Es bezieht deinen Wohnort ein, deine direkte Umgebung, die Nähe zur Natur und ob du dich und deine Persönlichkeit darin entfalten kannst.

## PERSÖNLICHE WEITERENTWICKLUNG

Traust du dich, die Komfortzone zu verlassen und Dinge zu verändern, wenn sie dich von einem glücklichen Leben abhalten? Lernst du dazu, bildest dich weiter und setzt all das Wissen auch um?

# Bist du bereit, loszulegen?

## DIE BESTE ZEIT FÜR DIESES BUCH

Herzlichen Glückwunsch! Wenn du die Kapitel bis hierher gelesen hast, dann weißt du schon einmal theoretisch gut darüber Bescheid, wie ein glückliches Leben gelingt. Jetzt bist du bereit, mit dem Mitmach-Teil deines Glücksperiments anzufangen. Ein Hinweis noch dazu, wie du am besten mit diesem Buch arbeitest:

Dieses Buch wird dich die nächsten 12 Wochen begleiten. Jede Woche hat einen bestimmten Fokus und unterstützt dich täglich mit kleinen Übungen und einer etwas längeren Übung für das Wochenende. Du wirst dich an einigen Stellen fragen, welchen Effekt bestimmte Übungen haben sollten. Ich ermutige dich, dranzubleiben, auch wenn der Effekt nicht immer direkt offensichtlich ist. Du wirst sehen: Wenn du dein Glücksperiment abgeschlossen hast, setzt sich alles wie ein Puzzle zusammen. Lass dich auf alle Übungen ein und halte dich an die Reihenfolge. Dann wirst du eine aufregende und heilsame Reise zu dir selbst erleben.

Mein Tipp: Nimm dir für dein Glücksperiment am besten jeden Morgen Zeit. Wenn du eine Morgenroutine hast, integriere die Arbeit mit dem Buch. Wenn du keine Morgenroutine hast, dann beginne jetzt deinen Start in den Tag bewusster zu gestalten. Solltest du einmal keine Zeit für dein Glücksperiment haben, hole die Aufgabe am nächsten Tag nach. Mache dieses Buch zu deinem Begleiter und nimm dir auch die Zeit, die zusätzlichen Inhalte mit den QR-Codes zu entdecken. Ich verspreche dir: Dein Einsatz wird sich lohnen. Gönn dir jede einzelne Aufgabe und freu dich auf die wundersamen Überraschungen, die du im Laufe der kommenden 12 Wochen entdecken wirst.

DIE QR-CODES HAST DU SICHERLICH SCHON AUSPROBIERT!
IN EINEM KURZEN VIDEO ZEIGE ICH DIR, WIE DU DAS BESTE AUS DIESEM BUCH HERAUSHOLST!

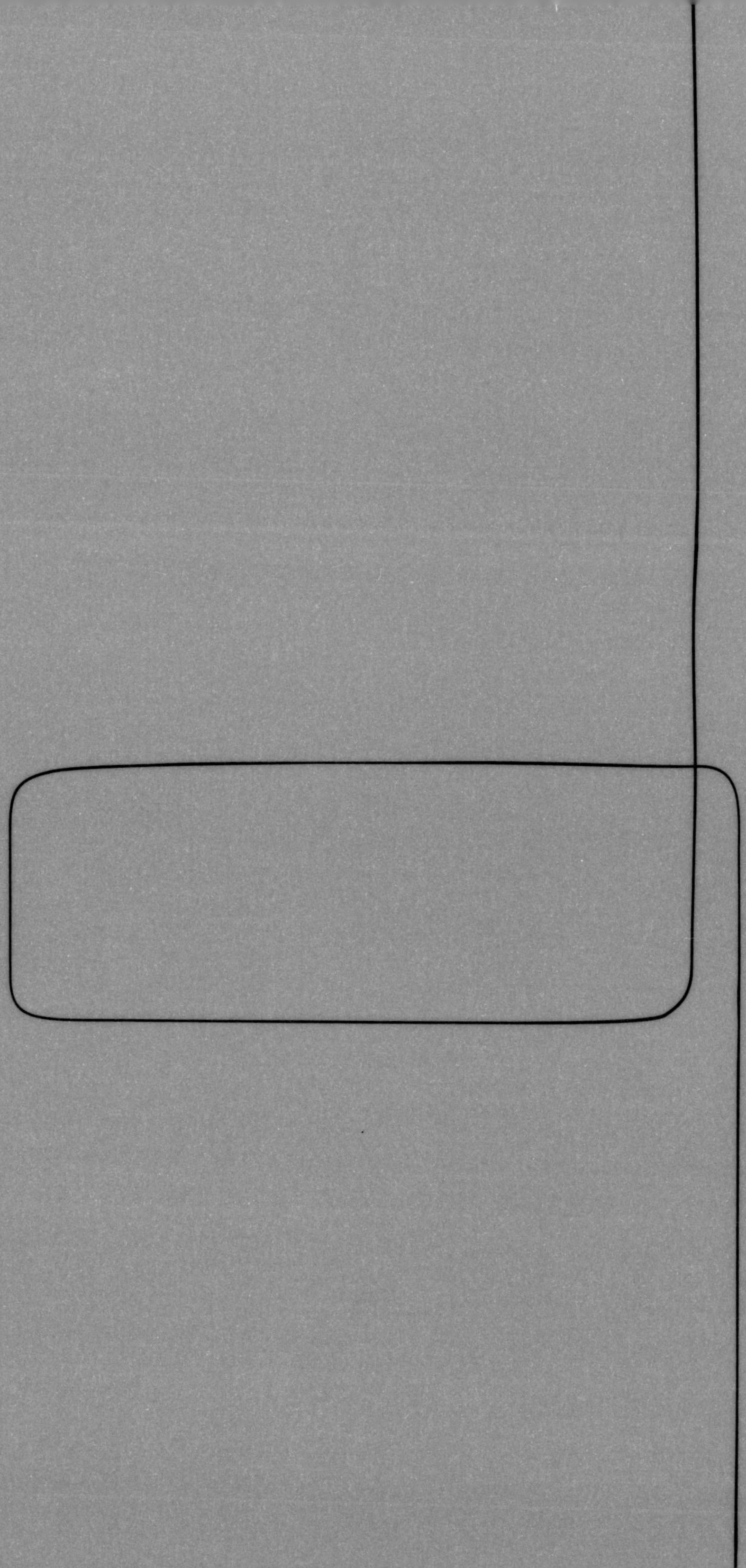

ICH WUSSTE, ICH DARF GLÜCKLICH SEIN. ICH WOLLTE GLÜCKLICH SEIN. UND IN MIR BILDETE SICH DIE UNUMSTÖSSLICHE ÜBERZEUGUNG, DIE MICH BIS HEUTE TRÄGT: ICH WERDE GLÜCKLICH SEIN.

# Aufbruch

Das erste Kapitel ist sehr wichtig, wenn du die nächsten drei Monate dranbleiben und wirklich etwas in deinem Leben bewegen möchtest. Deshalb nimm dir die Zeit, vertraue in den Prozess. Vertraue auf dieses Buch und vertraue mir und meiner Erfahrung. In der Arbeit mit meinen Klienten gehen wir sehr intensiv in die Vorbereitung und meine Klienten wissen, wie wichtig das ist. Vertraue also auch auf die Erfahrung der vielen Menschen, mit denen ich arbeiten durfte, und lass uns dich jetzt gut präparieren, damit du dranbleibst und dich bis zur letzten Übung begeistert deiner Reise widmest.

In der ersten Woche werden wir deine Weichen stellen und dafür sorgen, dass du in den kommenden drei Monaten genau die Erfolge erreichst, die du dir von der Arbeit mit diesem Buch erhoffst. Dafür ist es wichtig, dass du dir täglich Zeiträume schaffst, in denen du dich deinem Glücksperiment widmest. Meist reichen dafür zehn Minuten am Tag. An den Wochenenden sind die Aufgaben etwas länger – dafür kannst du sie dir auf zwei Tage aufteilen. Mein Tipp: Mach dieses Buch zu deiner festen Routine und reserviere beispielsweise die Zeit vor dem Frühstück dafür. Natürlich passt auch ein anderes Zeitfenster, wenn es für dich leichter einzurichten ist.

Es gibt verschiedene Studien, die besagen, dass Menschen eine gewisse Zeit brauchen, um neue Routinen zu etablieren. Manche reden von 66 Tagen[30], andere von 21 Tagen[31]. Ich lehne mich jetzt aus dem Fenster und behaupte: Um eine Routine zu etablieren, reicht EINE unumstößliche Entscheidung! Sobald du dich einmal entschieden und auch dein Warum für das Buch gefunden hast, wird es kinderleicht sein, dich täglich damit zu beschäftigen. Denn ganz egal, ob du glaubst, dass du 66, 21 oder nur einen Tag brauchst, um deine neue Routine zu festigen: Letztendlich geht es immer nur darum, dass du für dich und dein Glück die volle Verantwortung übernimmst. Nur du allein weißt, wann die richtige Zeit für dein Glücksperiment ist, nur du allein weißt, was dich auf deinem Weg weiterbringt und du allein kannst letztendlich all die Ideen, Tipps und Übungen umsetzen.

Deshalb kremple jetzt deine Ärmel hoch, gib dir ein inneres High Five und starte mit einem breiten Grinsen in die erste Woche deines Glücksperiments.

ICH WÜNSCHE DIR GANZ VIEL SPASS!

ES GEHT DARUM, DASS WIR AUTHENTISCH UNSEREN
WEG GEHEN, AUF UNSER HERZ HÖREN UND
ENTSCHEIDUNGEN SO TREFFEN, DASS UNSERE
LEBENSQUALITÄT STEIGT.
phototravellers.de

## JETZT GEHT'S LOS!

Welche Gedanken und Bilder gehen dir gerade durch den Kopf? Was fühlst du, wenn du daran denkst, die nächsten Monate eine gewisse Zeit nur dir selbst zu schenken und an deinem Glück zu arbeiten?

NOTIZEN

NOTIZEN

# Glücksperiment-Buddy!

Du hast schon bemerkt, dass dieses Buch kein gewöhnliches Journal ist. Wir werden von jetzt an täglich daran arbeiten, deinen Glücksdiamanten immer mehr zum Strahlen und Funkeln zu bringen. Ich bin diesen Weg anfangs allein gegangen und das war für mich okay. Trotzdem habe ich im Laufe der Zeit gelernt, wie wertvoll es ist, Gleichgesinnte zu haben, die sich auf einem ähnlichen Weg befinden. Vielleicht magst du einem Vertrauten oder einem anderen lieben Menschen das Buch schenken, damit ihr gemeinsam auf die Reise gehen und euch unterstützen könnt. Oder du bittest einen guten Freund, dir ab und zu ein offenes Ohr zu schenken, wenn du dich zu einer Aufgabe oder einem Thema austauschen möchtest. Natürlich kannst du auch in meiner Facebookgruppe *Glücksmomente by Julia Marie Beckert* nach einem Buch-Buddy suchen oder dir auf Instagram *@gluecksperiment* und *@juliamariebeckert* weitere Inspirationen und Tipps holen. Du kannst dein Glücksperiment aber auch für dich ganz allein absolvieren.

EGAL, OB MIT DEINEM GEFÄHRTEN ODER ALLEIN: DU WIRST WUNDERBARE ERFOLGE ERLEBEN, DIE DEIN LEBEN FÜR IMMER BEREICHERN WERDEN.

# EIN NEUER TAG BEGINNT!

DAFÜR BIN ICH DANKBAR:

DARAUF LEGE ICH HEUTE DEN FOKUS:

DAS SCHÄTZE ICH AN MIR:

MEINE INTENTION FÜR DIESEN TAG:

DARAN MÖCHTE ICH MICH ERINNERN:

# Intention

Stell dir vor, es gäbe einen riesigen Magneten in der Zukunft, der dich von jetzt an jeden Tag anzieht und dich voller Schwung und Energie durch die nächsten drei Monate bringt. Dieser Magnet ist das, worauf du deine Gedanken richten willst. Heute darfst du genau das tun und dir deine persönliche Intention für dieses Buch klarmachen. Deine Intention könnte zum Beispiel so lauten: *„Mit meinem Glücksperiment möchte ich lernen, die kleinen Dinge im Leben mehr wahrzunehmen und dankbar zu sein. Ich bleibe dran, auch wenn es mal unbequem wird. Ich arbeite kontinuierlich an mir und meinem Glück!"* Deine Intention hilft dir, Bewusstheit für dein Ziel und den Weg dorthin zu erlangen. Wie ein Magnet wird dich deine Intention in eine gute Zukunft ziehen und dir helfen, das Buch bis zum Ende durchzuarbeiten. Jetzt bist du dran!

SETZE DIR EINE INTENTION UND WENN DU MAGST, UNTERSCHREIBE SIE, DAMIT DEIN VERTRAG MIT DIR BINDEND WIRD.

# EIN NEUER TAG BEGINNT!

DAFÜR BIN ICH DANKBAR:

DARAUF LEGE ICH HEUTE DEN FOKUS:

DAS SCHÄTZE ICH AN MIR:

MEINE INTENTION FÜR DIESEN TAG:

DARAN MÖCHTE ICH MICH ERINNERN:

# Zeitmanagement

In meinen 300 Interviews zum Thema Glück habe ich immer wieder eine Aussage gehört, die mich sehr verwundert hat: *„Julia, ich will ja etwas ändern, aber ich habe einfach keine Zeit, mehr für mich zu tun."* Hand aufs Herz – ein Blick in die Zeitstatistik unserer Smartphones sollte diese Aussage bei den meisten von uns sehr gründlich widerlegen! Doch nicht nur das: Wir machen täglich so viele Dinge, die unsere Zeit fressen, ohne dass wir es merken.

MACH DIR HEUTE GENAU DIESE KLEINEN UND GROSSEN ZEITRÄUBER BEWUSST UND ÜBERLEGE, WANN DU FÜR DICH UND DEIN GLÜCK ZEIT EINRÄUMEN MÖCHTEST. DENN WIE HEISST ES SO SCHÖN: ZEIT HAT MAN NICHT, MAN NIMMT SIE SICH!

# EIN NEUER TAG BEGINNT!

DAFÜR BIN ICH DANKBAR:

DARAUF LEGE ICH HEUTE DEN FOKUS:

DAS SCHÄTZE ICH AN MIR:

MEINE INTENTION FÜR DIESEN TAG:

DARAN MÖCHTE ICH MICH ERINNERN:

# Verantwortung

Wie würde sich dein Leben verändern, wenn du ab jetzt mehr Verantwortung für dich übernimmst? Stell dir vor, du würdest dein Glücksgefühl nicht mehr von anderen Menschen, Dingen oder gar vom Wetter abhängig machen, sondern für dein Glück ausschließlich dich selbst verantwortlich machen!

WIE WÜRDE DEIN LEBEN NACH EINEM MONAT ODER NACH EINEM JAHR AUSSEHEN?

Kein Journal, kein Coach und kein Seminar der Welt können etwas in dir verändern, dich erfolgreicher oder glücklicher machen, wenn du nicht bereit bist, dein Glück selbst in die Hand zu nehmen. Natürlich gibt es immer noch Dinge, bei denen wir diese Aussage relativieren müssen. Natürlich können wir nicht alles beeinflussen. Aber es ist deine alleinige Entscheidung, wie du mit Herausforderungen umgehst, oder? Überlege dir heute, wo du gerade in deinem Leben Verantwortung abgibst und was sich verändern würde, wenn du ab jetzt eigenverantwortlich handeln würdest. Du wirst schnell feststellen: Je mehr Verantwortung du übernimmst, desto häufiger hast du die Zügel in der Hand und bist nicht länger Opfer äußerer Umstände.

# EIN NEUER TAG BEGINNT!

DAFÜR BIN ICH DANKBAR:

DARAUF LEGE ICH HEUTE DEN FOKUS:

DAS SCHÄTZE ICH AN MIR:

MEINE INTENTION FÜR DIESEN TAG:

DARAN MÖCHTE ICH MICH ERINNERN:

# Ausreden

Oh ja... der gute alte Schweinehund! Glaub mir, in 12 Wochen Journaling wirst du dein Repertoire an Ausreden vermutlich um ein paar kreative *„gute Gründe, heute nicht mit dem Buch weiterzumachen"* aufstocken. Doch wie wäre es, wenn du deinem inneren Faulenzer einen Strich durch die Rechnung machst, ihm all die Ausreden vorwegnimmst und bereits Strategien entwickelst, wie du im Falle von Lustlosigkeit reagieren möchtest?

SCHREIBE MINDESTENS 5 MÖGLICHE AUSREDEN AUF UND DARUNTER, WIE DU REAGIEREN WIRST, UM TROTZDEM DRANZUBLEIBEN.

# EIN NEUER TAG BEGINNT!

DAFÜR BIN ICH DANKBAR:

DARAUF LEGE ICH HEUTE DEN FOKUS:

DAS SCHÄTZE ICH AN MIR:

MEINE INTENTION FÜR DIESEN TAG:

DARAN MÖCHTE ICH MICH ERINNERN:

UM EINE ROUTINE ZU
ETABLIEREN, REICHT
EINE UNUMSTÖSSLICHE
ENTSCHEIDUNG!

# Wochenende

## ENERGIEQUELLEN UND KRAFTRÄUBER

Eine sehr häufig auftretende Aussage in meinen Interviews bezog sich auf einen Mangel an Energie: *„Julia, ich würde ja gerne etwas verändern und mir etwas Gutes tun. Aber wenn ich von der Arbeit komme, bin ich einfach platt und energielos."*

Kommt dir das bekannt vor? Das Phänomen der chronischen Ermüdung ist leider sehr verbreitet und führt auch noch sehr schnell in eine Abwärtsspirale: Wir kommen aus dem Büro und uns fehlt die Energie, uns ein positives Erlebnis zu bereiten, das unsere Glücksakkus aufladen würde. Stattdessen verbringen wir den Abend mit Tätigkeiten, die uns betäuben: Wir verdrängen die Eindrücke des Tages mit Stunden vor diversen Bildschirmen oder im schlimmsten Fall mit Alkohol oder anderen Drogen. Dadurch schlafen wir schlecht und wachen schon wie gerädert und unzufrieden auf. Wir starten mit noch weniger Energie in den neuen Tag und die Spirale setzt sich fort. Diese Spirale müssen wir unbedingt unterbrechen oder umdrehen, wenn wir uns ein glückliches Leben aufbauen wollen! Um das zu schaffen, müssen wir unsere Aufmerksamkeit auf die Dinge richten, die uns Kraft geben und all das reduzieren, was uns Energie raubt. Stell dir vor, du würdest abends etwas tun, das dir guttut. Dann könnte deine Spirale eine Aufwärtsspirale sein und in etwa so aussehen: Power dich nach deinem Arbeitstag körperlich aus und deine Gedanken kommen zur Ruhe. Du bist zufrieden mit dir selbst und schläfst wie ein glückliches Baby. Am nächsten Morgen darfst du ausgeruht und mit guter Laune in den Tag starten. Kannst du dir die Effekte vorstellen, die das auf deinen Tag hätte und wie viel Energie dir nach einiger Zeit zur Verfügung stehen würde? Genau das schauen wir uns heute an!

Nimm dir etwas Zeit und sorge für eine ungestörte, entspannte Atmosphäre. Überlege dir nun, was dir in den letzten Tagen, Wochen oder Monaten richtig viel Energie und Motivation gegeben hat. Notiere im Gegenzug auch die Krafträuber aus diesem Zeitraum. Vielleicht hast du durch ein entspanntes Bad, Tanzen oder Treffen mit lieben Menschen Energie getankt? Möglicherweise waren Dinge wie die laute Kantine, der ständige Konsum von Nachrichten oder ungesundes Essen dafür verantwortlich, dass du die Dinge nicht mehr geschafft hast, die dir eigentlich guttun und dich glücklich machen. Lass deinen Gedanken freien Lauf und schau dafür in die verschiedensten Lebensbereiche!

ENERGIEQUELLEN

KRAFTRÄUBER

PRIMA, WENN DEINE LISTE GUT GEFÜLLT IST, DARFST DU ZUR NÄCHSTEN AUFGABE ÜBERGEHEN:
FINDE JEWEILS FÜNF MASSNAHMEN, WIE DU DEINE ENERGIEQUELLEN VERSTÄRKEN UND DIE KRAFTRÄUBER REDUZIEREN KANNST!

NOTIZEN

# EINE WOCHE VOLLER GLÜCK

DAFÜR BIN ICH DIESE WOCHE DANKBAR:

MEINE GLÜCKLICHSTEN MOMENTE DIESE WOCHE:

DAS HABE ICH DIESE WOCHE GELERNT:

DAS MACHE ICH IN ZUKUNFT ANDERS:

# Bewusstsein

Wenn ich ein paar Jahre zurückblicke, erinnere ich mich an eine Zeit, die geprägt war von innerer Unzufriedenheit, einem langweiligen Alltag und einer Beziehung, die gar nicht mehr zu mir passte. Schlimme Angstzustände, Trauer und Antriebslosigkeit bestimmten mein Leben und ich hatte das Gefühl, von einer schweren, dunklen Wolke zu Boden gedrückt und erstickt zu werden. Da war kein Platz mehr für mein strahlendes Lächeln. Mein glückliches Ich war eine ferne Erinnerung aus einem anderen Leben, die für immer zu verblassen drohte. In dieser Zeit belog ich mich selbst. Ich suchte nach Aspekten in meinem Leben, die gut aussahen, und ich redete mir ein, dass sie auch gut für mich waren: mein hochbezahlter Job, die schicke Wohnung und der beständige Kontakt zu meiner Familie. Diese Dinge gaben mir Stabilität, als mein Innerstes nach dem Tod meiner Schwester keinen Halt mehr fand. Doch dass ich mich selbst nur oberflächlich beruhigte und mir diese privilegierten Umstände und diese wunderbaren Menschen nicht wirklich helfen konnten, wollte ich lange nicht vor mir selbst zugeben. Ich wollte mir meine Zerbrechlichkeit, die Schwäche und meine Schatten nicht eingestehen und spielte mir selbst vor, dass alles in Ordnung sei.

Erst als ich drei Tage und Nächte am Stück vor Angst nicht schlafen konnte, das ständige Herzrasen mich schier zerriss und ich nur noch weinend auf dem Sofa kauerte, merkte ich, dass ich etwas ändern musste. Ich hatte damals kein Ziel. Ich wusste nur, dass ich ab jetzt radikal ehrlich sein und eine klare Richtung finden musste, um zu meiner alten Stärke zurückzufinden. Ich erkannte: Nur weil etwas gut ist, ist es nicht automatisch gut für mich.

Ich brauchte einen Realitätscheck. Ich musste endlich das Licht am Ende des Tunnels sehen. Und noch mehr: Ich musste auch die Schatten erkennen. Denn nur, wer die Dunkelheit wahrnimmt, kann dafür sorgen, an genau diese Stellen wieder Licht zu bringen. Diese Entscheidung war der Beginn der wohl wichtigsten Phase meines Lebens. Ich übte mich in Dankbarkeit für die guten Dinge, die ich längst hatte, und ich gab zu, dass es auch Bereiche gab, die es zu verändern galt. Ich erinnerte mich daran, wer ich einmal war. Dieses Bild diente mir als Inspiration – jedoch nicht, um wieder zu meinem alten Ich zu werden. Ich liebte diese frühere, unbeschwerte Version von mir. Aber diese Julia hatte ihre Zeit und jetzt ging es darum, nach vorne zu blicken, um nach der neuen Julia zu suchen.

Dass ich heute da bin, wo ich bin, ist kein Zufall. Ja, dazu gehört Arbeit. Ja, dazu braucht es Mut, dorthin zu blicken, wo es unbequem wird. Und ja, dazu braucht es eine große Ehrlichkeit zu sich selbst, die ich damals auch erst lernen musste. All diese Schritte sind wichtig. Nur wenn wir erkennen, was wir verändern wollen, können wir es erreichen. Unser Gehirn ist darauf spezialisiert, Lösungen für uns zu finden. Wenn ich dich frage, was 3 + 5 ist, wirst du ganz automatisch die Antwort in dir haben, ohne vorher zu denken: *„Liebes Gehirn, bitte löse diese Matheaufgabe für mich."* Wenn du den Wunsch nach einem frisch gebrühten, warmen Kaffee hast, wirst du nicht über die Schritte nachdenken, sondern ganz automatisch tun, was dich das duftende Getränk kurze Zeit später in der Hand halten lässt. Du willst etwas – dein Gehirn sucht nach einem Weg, genau das möglich zu machen.

Doch was, wenn dein Gehirn gar nicht weiß, wonach es suchen soll? Was, wenn du nur ein undefiniertes Gefühl in dir trägst, dass du etwas verändern möchtest? Dass da noch mehr auf dich wartet oder das Leben, so wie es gerade ist, eine gewisse Art von Unzufriedenheit mit sich bringt? Was glaubst du, wird sich verändern? Mit hoher Wahrscheinlichkeit: gar nichts. Oder irgendetwas. Und das wäre dann Zufall oder im besten Fall ‚Glück'. Aber willst du dein glückliches Leben vom Zufall bestimmen lassen? Oder willst du die Kontrolle darüber haben, genau das zu bekommen, was du unter einem glücklichen Leben verstehst?

Wenn du erkennst, was du verändern möchtest, befindest du dich schon auf dem richtigen Weg. Du solltest ganz genau wissen, was du möchtest: klare Bilder im Kopf haben und spüren, was du unter Glück verstehst. Glück sollte für dich so genau definiert sein wie eine Tasse Kaffee. Wenn du an Kaffee denkst, dann regt sich was in deiner Brust. Du hast den Geschmack schon fast im Mund und den Duft in der Nase. Es ist mehr als ein Bild. Es ist eine Vision, die schon fast greifbar ist. Genauso sollte es mit der Vision deines glücklichen Lebens sein. Lass sie so klar werden, dass du sie fühlen kannst. Schenke deinem Gehirn diesen Fixstern, damit es direkt Kurs aufnehmen und dich so schnell wie möglich in deine glückliche Zukunft navigieren kann.

Genau das machen wir diese Woche. Du wirst dein Leben, wie es heute ist, ganz ehrlich unter die Lupe nehmen und dir damit selbst den Weg für eine transformierende Zeit ebnen. Natürlich werden wir dabei nicht nur die Schatten betrachten, sondern auch auf all das blicken, was gerade schon gut läuft. Denn Veränderung macht vor allem dann Spaß, wenn wir aus der Fülle und einem guten Gefühl heraus handeln. Egal, wo du gerade im Leben stehst. Egal, wie du dich fühlst und in welchen Umständen du dich gerade bewegst: Es gibt genügend Aspekte in deinem Leben, die schon gut sind. Du kannst dir dein Leben also wie einen richtig leckeren Kuchen vorstellen. Um die knusprigen Streusel und Kirschen, also die Elemente, die du noch verändern möchtest – kümmern wir uns gemeinsam.

„EIN NEUER TAG BEGINNT" IST NICHT NUR DIE ÜBERSCHRIFT DEINER JOURNALING-SEITEN, SONDERN EIN WICHTIGER TEIL MEINER LEBENSEINSTELLUNG. WENN DU DIE TIEFE BEDEUTUNG DAHINTER ERGRÜNDEN MÖCHTEST, SCANNE DEN CODE!



NOTIZEN

NOTIZEN

# Dein Warum

Hand aufs Herz: Warum hältst du jetzt gerade dieses Buch in deinen Händen? Weil du Lust auf ein Journal hattest? Weil es dir jemand geschenkt hat oder weil du einfach neugierig warst? Welche Erklärung dir auch immer in den Sinn kommt – es steckt mehr dahinter. Gründe, die dir vielleicht gerade noch gar nicht bewusst sind. Trau dich, eine bessere Antwort zu finden und überlege, was dein wahrer Grund ist, dich mit dir selbst und dem Thema Glück zu beschäftigen.

SCHREIBE DEINE GEDANKEN UND IDEEN AUF, UM DICH IM LAUFE DEINES GLÜCKSPERIMENTS DARAN ZU ERINNERN, WARUM DU DICH AUF DIESEN WEG BEGEBEN HAST.

# EIN NEUER TAG BEGINNT!

DAFÜR BIN ICH DANKBAR:

DARAUF LEGE ICH HEUTE DEN FOKUS:

DAS SCHÄTZE ICH AN MIR:

MEINE INTENTION FÜR DIESEN TAG:

DARAN MÖCHTE ICH MICH ERINNERN:

# Bedeutung des Glücks

Ich habe durch meinen Job täglich mit Menschen und dem Thema Glück zu tun. Das Spannende daran: Jeder versteht unter Glück etwas anderes.

WAS IST DEINE PERSÖNLICHE DEFINITION VON GLÜCK?

P.S.: WENN DU WISSEN MÖCHTEST, WAS GLÜCK FÜR ANDERE MENSCHEN BEDEUTET, SCANNE DEN QR-CODE UND LASS DICH VON DEN ZAHLREICHEN ANTWORTEN AUS MEINEN INTERVIEWS INSPIRIEREN.
KLEINER TIPP: HIER WARTET NOCH EINE WEITERE ÜBERRASCHUNG AUF DICH!

# EIN NEUER TAG BEGINNT!

DAFÜR BIN ICH DANKBAR:

DARAUF LEGE ICH HEUTE DEN FOKUS:

DAS SCHÄTZE ICH AN MIR:

MEINE INTENTION FÜR DIESEN TAG:

DARAN MÖCHTE ICH MICH ERINNERN:

# Glücksblocker

In Kapitel "*Glücksblocker*" habe ich dir erzählt, dass es vielen Menschen aus unterschiedlichen Gründen nicht gelingt, wirklich glücklich zu sein. Manchmal liegt eine Staubschicht um unseren Glücks-Diamanten, um die wir uns erst mal kümmern dürfen, um unserer persönlichen Vorstellung von Glück näherzukommen. Hast du dir schon Gedanken gemacht, was dich noch vom wahren Glück abhalten könnte?

WAS STEHT DIR UND DEM GLÜCK AKTUELL NOCH IM WEG? BEWUSSTSEIN IST DER ERSTE SCHRITT ZUR VERÄNDERUNG. ALSO TRAU DICH, HIER GENAUER HINZUSCHAUEN UND NOTIERE DEINE ERKENNTNISSE!

# EIN NEUER TAG BEGINNT!

DAFÜR BIN ICH DANKBAR:

DARAUF LEGE ICH HEUTE DEN FOKUS:

DAS SCHÄTZE ICH AN MIR:

MEINE INTENTION FÜR DIESEN TAG:

DARAN MÖCHTE ICH MICH ERINNERN:

# Läuft doch!

Klar, manche Dinge laufen nicht so gut oder nerven auch mal. Doch anstatt deinen Fokus auf deine Probleme zu lenken, macht es viel mehr Sinn, zu erkennen, was du alles schon hast. Denn allein das Bewusstsein für die Dinge, die schon gut funktionieren, gibt uns ein Gefühl von Sicherheit und innerer Ruhe.

MACH DOCH MAL EINE LISTE UND SCHREIBE DIR AUF, WAS GERADE GUT LÄUFT IN DEINEM LEBEN. DU DARFST HIER GENAUER HINSCHAUEN UND AUCH DIE KLEINEN DINGE, DIE DICH TAG FÜR TAG UMGEBEN, SCHÄTZEN.

# EIN NEUER TAG BEGINNT!

DAFÜR BIN ICH DANKBAR:

DARAUF LEGE ICH HEUTE DEN FOKUS:

DAS SCHÄTZE ICH AN MIR:

MEINE INTENTION FÜR DIESEN TAG:

DARAN MÖCHTE ICH MICH ERINNERN:

# Fülle statt Mangel

Je mehr du dich mit dir selbst beschäftigst, desto mehr wird dir bewusstwerden, in was für einer Fülle du bereits lebst. Wie wäre es für dich, wenn du zukünftig ganz automatisch all die Dinge wahrnimmst, die du schon hast und dafür eine tiefe Dankbarkeit empfindest? Fang doch heute mal mit deinen Sinnen an und achte bewusst darauf, was sie dir ermöglichen. Du hast deine Augen, um den schönsten Sonnenuntergang in seinen satten, roten Farben zu sehen, deine Ohren, um dem Gezwitscher der Vögel und dem Plätschern des Baches zu lauschen. Du kannst fühlen, wie der Wind deine Haut sanft streichelt und riechen, wie im Ofen dein Lieblingskuchen genauso gebacken wird, dass er beim ersten Bissen deine Geschmacksknospen zum Tanzen bringt.

NIMM ALL DIESE DINGE HEUTE BEWUSST WAHR UND BEOBACHTE, WIE SICH EIN TIEFES GEFÜHL DER ZUFRIEDENHEIT EINSTELLT UND MACHE DIESE ÜBUNG ZU DEINER GEWOHNHEIT.

# EIN NEUER TAG BEGINNT!

DAFÜR BIN ICH DANKBAR:

DARAUF LEGE ICH HEUTE DEN FOKUS:

DAS SCHÄTZE ICH AN MIR:

MEINE INTENTION FÜR DIESEN TAG:

DARAN MÖCHTE ICH MICH ERINNERN:

# *Wochenende*

## RAD DES GLÜCKS

Das Rad des Glücks spiegelt einen ersten Eindruck deines persönlichen Wohlergehens wider. Anhand des Rads gewinnst du eine Vorstellung davon, welche Bereiche deines Lebens gerade in Balance sind und wo du noch Raum für Entwicklung und Wachstum hast. Es zeigt dir auf, wie erfüllt die verschiedenen Bereiche in deinem Leben sind und wo du genauer hinsehen darfst, um Verbesserungen vorzunehmen. Natürlich spiegelt dieses Rad des Glücks kein wissenschaftlich geprüftes Ergebnis wieder. Aber es gibt dir eine gute Orientierung und hilft dir zu verstehen, welche deiner Lebensbereiche dich erfüllen und wo die größten Schätze noch auf dich warten.



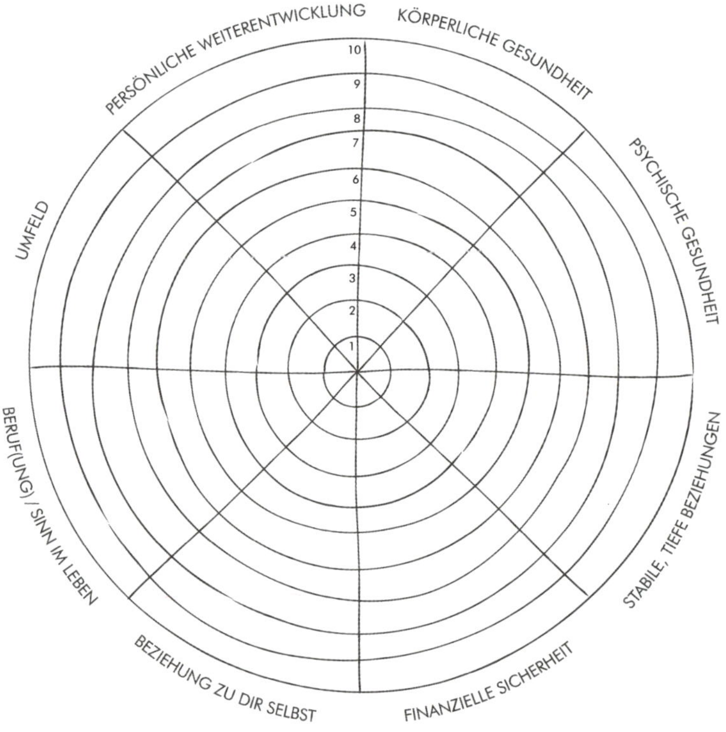

GIB JEDEM DEINER LEBENSBEREICHE EINE PUNKTZAHL.

Eine 1 bedeutet hier, dass der Bereich dich noch nicht erfüllt. Die 10 bedeutet, dass du hier bereits ein tiefes Glück empfindest.

Überlege dabei nicht so lange und folge deinem Impuls. Vertraue unbedingt auf deine Intuition! Diese Übung sollte nur eine Minute dauern! Anschließend kannst du die Punkte miteinander verbinden.

WELCHEN DREI BEREICHEN MÖCHTEST DU AB JETZT MEHR BEACHTUNG SCHENKEN?

1. ______

2. ______

3. ______

Beim Rad des Glücks geht es gar nicht unbedingt darum, in allen Bereichen 10 Punkte zu haben. Ich möchte nicht sagen, dass das unmöglich ist. Aber wir sollten uns vielmehr dafür einsetzen, eine gesunde Ausgewogenheit zwischen den verschiedenen Bereichen herzustellen. Überlege dir deshalb, wie du es schaffen kannst, mehr Balance in die verschiedenen Lebensbereiche zu bringen.

WAS KANNST DU INSGESAMT TUN, UM IN ALLEN BEREICHEN ETWA 8 BIS 10 PUNKTE ZU ERREICHEN?

# EINE WOCHE VOLLER GLÜCK

DAFÜR BIN ICH DIESE WOCHE DANKBAR:

MEINE GLÜCKLICHSTEN MOMENTE DIESE WOCHE:

DAS HABE ICH DIESE WOCHE GELERNT:

DAS MACHE ICH IN ZUKUNFT ANDERS:

*Veränderung macht vor allem dann Spaß, wenn wir aus der Fülle und einem guten Gefühl heraus handeln.*

# Klarheit

Im Sommer 2021 war ich für das Abschluss-Retreat meines Kurses *"Der Mut, glücklich zu leben"* in Österreich. Nach acht Wochen intensiven Mentorings kamen wir zusammen, um die letzten Blockaden gemeinsam aufzubrechen. Unser Hotel, das ich aufgrund der Gipfellage und des imposanten Ausblicks gewählt hatte, versank die ersten Tage in einer dichten, grauen Nebeldecke. Nicht mal bis zu den anliegenden Wäldern reichte die Sicht. Wir fühlten uns an den Anfang unserer achtwöchigen Reise erinnert. An die dichten Nebelschleier, die damals unseren Alltag umfingen und dafür sorgten, dass wir auf kurze Sicht durch unser Leben navigierten.

Mittlerweile hatten meine Teilnehmerinnen große Fortschritte gemacht. Hier, auf dem Abschluss-Retreat, sollten wir den Nebel auflösen und eine neue Leichtigkeit willkommen heißen. Wir nutzten die gemeinsame Zeit, um einen ehrlichen Blick auf die Blockaden zu werfen, die uns noch von unseren Träumen und Zielen abhielten. Auf die Situationen, die nicht mehr adäquat für uns waren, und auf unsere Gewohnheiten, die längst nicht mehr unserer Wahrheit entsprachen. Während wir im Innen für immer mehr Klarheit sorgten, schafften es immer mehr Sonnenstrahlen, sich ihren Weg durch die graue Wolkendecke zwischen den Bergen zu bahnen. Am letzten Tag, als wir alle unter Tränen der Dankbarkeit und Freude beisammensaßen, lichtete sich der Nebel plötzlich und wir wurden mit der klarsten, schönsten Sicht auf das sonnige, warme Tal belohnt. Unsere Klarheit im Innen spiegelte sich durch dieses Naturschauspiel im Außen wider.

Was würde sich verändern, wenn der metaphorische Nebel in deinem Leben einer neuen Klarheit weichen würde? Stell dir vor, du könntest dich von allem lösen, was gerade noch die Sicht auf das, was du wirklich willst, trübt? Wie wäre es, wenn du deinen Fokus zielsicher auf deine Entwicklung und dein Glück richten könntest, ohne dich vom Chaos im Außen ablenken zu lassen? Woran hältst du gerade noch fest, obwohl es dir Energie raubt? Welchen Leuten hältst du die Treue, obwohl sie längst nicht mehr zu dir passen? In welchen Gewohnheiten hast du es dir bequem gemacht, obwohl sie so unnötig sind?

Als Psychologen in den USA den Zusammenhang zwischen Unordnung und unserem Alltag untersuchten, fanden sie heraus, dass Unordnung starke negative Auswirkungen auf unser psychisches Wohlbefinden hat. Die innere und die äußere Ordnung gehören zusammen, denn das eine spiegelt das andere wider. Laut einer Untersuchung der Universität DePaul Chicago mindert großes Chaos das Gefühl der Geborgenheit und des Glücksempfindens.[32] Stell dir die Unordnung in deinem Leben wie die Nebeldecke in meinem Seminar in den Bergen vor. Wenn du nicht weit blicken kannst und alles bedeckt ist, dann wirst du für dich nur Ziele finden, die unmittelbar vor deiner Nase sind. Große Visionen, die etwas weiter entfernt liegen, wirst du einfach nicht sehen, geschweige denn einen Weg dorthin finden. Im Zen-Buddhismus sagt man, dass diejenigen Glück und Veränderung erfahren, die zum Putzen und Aufräumen bereit sind.[33] In Japan leben Mönche, die ihren ganzen Besitz in zwei Pappkisten unterbringen können. Auch ich habe meinen Besitz vor etwa drei Jahren auf fünf kleine Kisten reduziert. Nach fünf Bali-Reisen habe ich in mir so viel Klarheit und Reinheit geschaffen, dass ich diese innere Ordnung auch in meinem Außen wiederfinden wollte. Da war plötzlich kein Platz mehr für materiellen Besitz, der mir nicht dabei half, mein leichtes, erfülltes Leben zu leben. Plötzlich war da nur noch *ich*, bereit noch mehr zu lernen, zu geben und mit geöffnetem Herzen meinen Weg zu gehen.



Falls du gerade schlucken musst und befürchtest, dass du diese Woche einen Flohmarkt veranstalten sollst, kann ich dich an dieser Stelle beruhigen. Es geht diese Woche nicht darum, einen minimalistischen Lebensstil zu beginnen. Vielmehr schaffen wir dir den Raum, der eine positive Veränderung überhaupt erst möglich macht. Damit du dich entfalten kannst und damit Inspiration ihren Weg zu dir findet.

Diese Klarheit erreichen wir diese Woche in kleinen Schritten. Im Innen, im Außen und genau so, dass du dich damit wohlfühlst und sie deiner Seele gut tut. Freu dich darauf, denn durch das Ausmisten lernst du, die Vergangenheit ein Stück weit loszulassen. Wie ein Lied, das leise verklingt. Die ideale Voraussetzung, wenn du dich ab jetzt mehr auf die Gegenwart und deine Zukunft konzentrieren möchtest.

SCHON BEIM AUFSCHREIBEN UNSERER GEDANKEN KANN GANZ VIEL KLARHEIT ENTSTEHEN.

NOTIZEN

# Zeiträuber Handy

Wenn wir schon entrümpeln, fangen wir doch gleich mal mit unserem Fokusmagneten Nr. 1 an. Mit unserem Handy verbringen wir im Schnitt jeden Tag mehr als zwei Stunden[34]– viel Potential, um uns Freiraum zu verschaffen!

Dass die Nutzung unserer Mobiltelefone süchtig machen kann, ist längst kein Geheimnis mehr. Die meisten Mitglieder unserer Generation schenken Instagram und Co. mehr Aufmerksamkeit als sich selbst. Ist das nicht traurig? Überlege dir heute, wie du deine Handynutzung und somit einen richtigen Zeitfresser in deinem Leben reduzieren kannst. Vielleicht möchtest du dir mehr handylose Pausen einplanen und achtsamer sein, welchen Accounts du folgst und wie häufig du dein Handy nutzt? Oder du willst deinen Feierabend bewusster gestalten und trägst ab 20 Uhr dein Handy nicht mehr bei dir? Mein Tipp: Gönne dir am besten gleich heute ein paar Minuten offline und sei mal nur für dich selbst erreichbar.

NOTIERE DIR 3 GANZ KONKRETE MASSNAHMEN, DIE DIR DABEI HELFEN, DEINE ZEIT AM HANDY ZU REDUZIEREN!

# EIN NEUER TAG BEGINNT!

DAFÜR BIN ICH DANKBAR:

DARAUF LEGE ICH HEUTE DEN FOKUS:

DAS SCHÄTZE ICH AN MIR:

MEINE INTENTION FÜR DIESEN TAG:

DARAN MÖCHTE ICH MICH ERINNERN:

# Unnütze Gewohnheiten

Gestern ging es um unsere Handynutzung. Heute kannst du den Rahmen etwas größer spannen:

WELCHE GEWOHNHEIT HAT SICH BEI DIR EINGESCHLICHEN, DIE DU ENDLICH ABLEGEN KÖNNTEST?

Kommst du häufig zu spät? Bleibst du abends viel zu lange wach? Gibst du häufig Geld für Dinge aus, die du nicht brauchst? Suche dir eine Sache aus und überlege dir, wie du dieser Angewohnheit den Garaus machen kannst. Gib dir und der Umgewöhnung Zeit und mache dir einen Plan, wie du diese Gewohnheit verändern möchtest. Jemand, der seine Wohnung häufig im Chaos versinken lässt, könnte zum Beispiel ein tägliches Aufräum-Zeitfenster von 5 Minuten einplanen oder ausprobieren, was passiert, wenn alle Sachen sofort weggeräumt werden. Sei kreativ und finde etwas, was für dich gut funktioniert!

# EIN NEUER TAG BEGINNT!

DAFÜR BIN ICH DANKBAR:

DARAUF LEGE ICH HEUTE DEN FOKUS:

DAS SCHÄTZE ICH AN MIR:

MEINE INTENTION FÜR DIESEN TAG:

DARAN MÖCHTE ICH MICH ERINNERN:

# Unliebsame Tätigkeiten

Gibt es Tätigkeiten in deinem Leben, die immer wiederkehren, dein Gesicht aber augenblicklich in eine schrumpelige Rosine verwandeln, wenn du nur daran denkst? Was sind das für Tätigkeiten? Müssen sie wirklich sein oder hast du dich vielleicht nur noch nicht getraut, jemand anderem zu sagen, dass du diese Dinge nicht mehr machen möchtest? Oder hast du dich einfach noch nicht gut genug organisiert? Natürlich ist es keine Voraussetzung für Glück, nur noch schöne Dinge zu tun. Doch oftmals haben wir es in der Hand, mit wenig Aufwand viel zu verändern.

WAS MÖCHTEST DU NIE WIEDER MACHEN UND WAS KANNST DU TUN, UM DIESE TÄTIGKEITEN LOSZUWERDEN?

# EIN NEUER TAG BEGINNT!

DAFÜR BIN ICH DANKBAR:

DARAUF LEGE ICH HEUTE DEN FOKUS:

DAS SCHÄTZE ICH AN MIR:

MEINE INTENTION FÜR DIESEN TAG:

DARAN MÖCHTE ICH MICH ERINNERN:

# Der Schweinehund

Ich habe vor ein paar Jahren all meine Fotos und Erinnerungen, ein angefangenes Buch und andere wichtige Daten verloren, als mein Handy im Urlaub zu viel Salzwasser abbekam. Für mich hatten vor allem ein paar besondere Fotos einen so hohen Wert, dass der Verlust selbst heute noch wehtut. Doch warum hatte ich kein Backup? Weil es eines dieser lästigen To Do's war, das ich Tage, Monate und schließlich sogar Jahre vor mir hergeschoben hatte – bis es zu spät war. Danach stellte ich auch noch fest, dass das Backup ruckzuck erledigt gewesen wäre.

WELCHES TO DO SCHIEBST DU SCHON LANGE VOR DIR HER?

Mache es heute oder mache den ersten Schritt dafür! Was wir erst mal beginnen, ist schon halb erledigt. Das Ergebnis: Mehr Energie, ein klarer Kopf und vielleicht sogar ein paar Glücksgefühle, wenn die Sache erledigt ist!

# EIN NEUER TAG BEGINNT!

DAFÜR BIN ICH DANKBAR:

DARAUF LEGE ICH HEUTE DEN FOKUS:

DAS SCHÄTZE ICH AN MIR:

MEINE INTENTION FÜR DIESEN TAG:

DARAN MÖCHTE ICH MICH ERINNERN:

# *Wer braucht denn sowas?*

Du hast diese Woche vielleicht schon dein Handy entrümpelt, nicht so schöne Angewohnheiten entlarvt, To Do's abgearbeitet und dich von lästigen Aufgaben gelöst. Nach so viel Arbeit im Außen darfst du dich heute in deinen vier Wänden umschauen:

WAS HAT SICH HIER ALLES AN MATERIELLEM BESITZ ANGEHÄUFT – UND WAS DAVON KANNST DU LOSWERDEN, OHNE ES IN EINEM JAHR ZU VERMISSEN?

WENN DU MAGST, SCANNE DEN QR-CODE UND LADE DIR UNSERE CHECKLISTE ZUM AUSMISTEN HERUNTER. DAMIT FÄLLT ES DIR SICHERLICH KINDERLEICHT, DICH VON EIN PAAR UNNÜTZEN DINGEN ZU TRENNEN.

# EIN NEUER TAG BEGINNT!

DAFÜR BIN ICH DANKBAR:

DARAUF LEGE ICH HEUTE DEN FOKUS:

DAS SCHÄTZE ICH AN MIR:

MEINE INTENTION FÜR DIESEN TAG:

DARAN MÖCHTE ICH MICH ERINNERN:

# Wochenende

## KLARHEIT

Du hast die Woche schon für ordentlich Klarheit im Außen gesorgt. Mein großes Lob dafür! Ich kann schon sehen, wie die Nebeldecke aufreißt und sich die ersten Sonnenstrahlen ihren Weg bahnen. Um auch die letzten Nebelschwaden zu vertreiben, widmen wir uns an diesem Wochenende deiner inneren Klarheit. Dieser Schritt ist wichtig, denn nur wenn wir Klarheit darüber haben, was wir wollen und was nicht, können wir uns auch das Leben erschaffen, das wir uns eigentlich wünschen.

Jetzt geht es ums Ausmisten. Deshalb hast du nun die Chance, die Verhaltensweisen auszumisten, die du ab jetzt nicht mehr hinnehmen möchtest. Dazu gehen wir nochmal auf die verschiedenen Bereiche deines Rad des Glückss ein.



SCHREIBE UNTER JEDEN BEREICH, WELCHE EIGENEN VERHALTENSWEISEN UND DENKWEISEN DU NICHT LÄNGER AKZEPTIEREN MÖCHTEST. SEI DABEI EHRLICH ZU DIR SELBST. DENN NUR WAS DU ERKENNST, KANNST DU AUCH VERÄNDERN.

KÖRPERLICHE GESUNDHEIT:

PSYCHISCHE GESUNDHEIT:

STABILE, TIEFE BEZIEHUNGEN:

FINANZIELLE SICHERHEIT:

BEZIEHUNG ZU DIR SELBST:

BERUF(UNG)/SINN IM LEBEN:

DEIN UMFELD:

PERSÖNLICHE WEITERENTWICKLUNG:

Du hast deine Verhaltens- und Denkmuster durchleuchtet? Respekt, nicht jeder schafft es an dieser Stelle so offen und ehrlich zu sein. Leider ist es immer noch so, dass sich die wenigsten Menschen selbst kritisch unter die Lupe nehmen und eingeschliffene Verhaltensweisen reflektieren. Die Sonne hat den Nebel längst vertrieben, sodass der Blick nun auch auf andere Menschen frei wird und du mit klarem Kopf darüber nachdenken kannst, was für Verhaltensweisen du bei anderen Menschen nicht mehr akzeptieren möchtest.

SCHREIB FREI AUS DIR HERAUS, WELCHE ENERGIEN, VERHALTENSWEISEN UND WELCHE ART DER KOMMUNIKATION DU NICHT MEHR IN DEINEM LEBEN HABEN WILLST:

# EINE WOCHE VOLLER GLÜCK

DAFÜR BIN ICH DIESE WOCHE DANKBAR:

MEINE GLÜCKLICHSTEN MOMENTE DIESE WOCHE:

DAS HABE ICH DIESE WOCHE GELERNT:

DAS MACHE ICH IN ZUKUNFT ANDERS:

WIR MENSCHEN GEBEN DINGEN UND BESITZ OFTMALS EINE VIEL ZU HOHE BEDEUTUNG. ALS ICH ANFING, MIR DESSEN BEWUSST ZU WERDEN, FIEL ES MIR IMMER LEICHTER, MATERIELLES LOSZULASSEN UND MEINEN FOKUS VOM „HABEN“ AUF'S „SEIN“ ZU LENKEN.

# Eine glückliche Zukunft

Kennst du das bedrückende Gefühl, zu glauben, dass sich nichts mehr ändern wird? Durch meinen Beruf höre ich immer wieder Sätze wie: *"Ich war ja schon immer so"*, *"Ach, ich kenne es gar nicht anders, warum sollte es sich jetzt plötzlich ändern?"*, oder: *"Naja, es ist ja schon alles okay, wie es ist. Wahrscheinlich muss ich mich einfach damit zufriedengeben!"*

Vielleicht steckt eine gewisse Art von Resignation darin, zu glauben, dass das Leben, das wir heute kennen, auch das Leben ist, welches wir in ein paar Monaten und Jahren führen werden. Vielleicht hast du dich längst daran gewöhnt, wie du dich täglich fühlst. Möglicherweise erinnerst du dich gar nicht mehr daran, wie es ist, völlig losgelöst, frei und voller Selbstliebe und Leichtigkeit zu sein. Doch ist es nicht genau das, was wir wirklich wollen? Wie oft versinkst du in den verschiedensten Instagram Profilen, schaust wehmütig die Bilder und Stories anderer an oder versumpfst im Sofa, während dir die neuesten Serien und Filme eine ziemlich vereinfachte Welt vorgaukeln, die sich ein Drehbuchautor am anderen Ende der Welt ausgedacht hat – und die so wenig mit deinem Leben zu tun hat, dass du dich auf gar keinen Fall daran orientieren solltest?

Wir leben in einer Gesellschaft, die häufig von Missgunst und Neid geprägt ist. Leider erleben viele Menschen, die etwas Außergewöhnliches schaffen, statt Lob und Anerkennung, dass nach dem Haar in der Suppe gesucht wird. Ich selbst bin in einem Umfeld aufgewachsen, in dem besonders wohlhabende Menschen schnell als *„kriminell"* oder *„faule Erben"* bezeichnet wurden. Habe ich in meinem Umfeld meine Erfolge geteilt, voller Freude von meinen neuesten Ideen und Vorhaben berichtet oder einfach nur gesagt, wie glücklich ich bin, wurde ich schnell mit Ignoranz oder gar abfälligen Bemerkungen wie: *„Freu dich nicht zu früh!"*, oder: *„Hochmut kommt vor dem Fall. Halte lieber mal die Beine still"*, zurück auf den *„Boden der Tatsachen"* geschmettert. Ist es falsch, ein glückliches Leben in Fülle und vollkommener Zufriedenheit zu führen? Ist es unfair, mehr Geld zu haben als andere? Macht es uns zu schlechten Menschen, wenn wir mit all unseren Leidenschaften und Stärken nach draußen gehen und sie mit der Welt teilen möchten? Sind wir dann zu viel? Zu glücklich?

Kommt dir das bekannt vor? Wie sehr hältst du dich noch selbst zurück? Welche limitierenden Geschichten erzählst du dir immer wieder aufs Neue? Was würde passieren, wenn du dir endlich erlaubst, das Leben zu führen, das du dir doch eigentlich wünschst? Was wäre, wenn du nicht mehr länger akzeptierst, dich selbst klein zu halten? Wie würde sich dein Leben verändern, wenn du dich mit all deinen Ecken und Kanten annehmen und lieben würdest?

Ich verrate dir heute etwas. Es ist kein großes Geheimnis, aber wenn du das, was ich dir jetzt sagen werde, nicht nur liest, sondern auch auf emotionaler Ebene verinnerlichst und daran glaubst, dann hat allein diese eine Sache das Potenzial, dein Leben massiv zu verändern: Eine glückliche Zukunft ist möglich! Für jeden und damit auch für dich. Versprochen! Du darfst glücklich sein!

Alles beginnt mit dem tiefen Vertrauen darauf, dass Veränderung möglich ist. Diese innere Grundhaltung ist absolut notwendig, wenn du etwas in deinem Leben verändern möchtest. Ich weiß, dass es banal klingt, aber das macht es nicht weniger wichtig: Du musst an Veränderung glauben, um Veränderung herbeizuführen. Und auch wenn es dir gerade noch schwerfällt, dir vorzustellen, dass dein gewohntes Leben auch anders sein kann: Tu doch einfach mal so, als würdest du daran glauben! Versetze dich in eine Person hinein, die felsenfest davon überzeugt ist, dass wir uns und damit unser Leben und unser Glück verändern können. Fühl das mal! Und vielleicht kannst du dieses Gefühl auch ein bisschen zu deinem machen und daraus schon etwas Kraft schöpfen. Probier's mal!

TU DOCH EINFACH MAL SO, ALS WÜRDEST DU DARAN GLAUBEN!

NOTIZEN

NOTIZEN

# Glaube an Veränderung

Schon Henry Ford hat gesagt: *"Entweder du glaubst, du schaffst es, oder du schaffst es nicht. Du wirst in beiden Fällen Recht behalten."* Genauso ist es auch, wenn du etwas verändern möchtest. Es beginnt immer mit deinem Glauben daran, dass Veränderung möglich ist!

GEHE KURZ IN DICH UND SPÜRE MAL, OB ES NOCH IRGENDWELCHE ZWEIFEL IN DIR GIBT, DIE DICH VON DER VERÄNDERUNG ABHALTEN – UND SCHREIBE SIE JETZT AUF.

# EIN NEUER TAG BEGINNT!

DAFÜR BIN ICH DANKBAR:

DARAUF LEGE ICH HEUTE DEN FOKUS:

DAS SCHÄTZE ICH AN MIR:

MEINE INTENTION FÜR DIESEN TAG:

DARAN MÖCHTE ICH MICH ERINNERN:

# Zweifel loslassen

Nutze die Zweifel der gestrigen Übung für ein schönes Loslass-Ritual. Schreibe deine Zweifel auf einen Zettel und lies dir alles nochmal durch. Wenn du einen Zweifel liest, spüre nochmal, was das mit dir macht. Wenn du deine Liste durchgelesen hast, darfst du loslassen und Platz für Neues machen! Das machst du, indem du den Zettel bewusst vorliest und laut sagst: *"Danke, ich lasse dich jetzt los!"* Jetzt darfst du den Zettel zerreißen, verbrennen oder einfach in den Müll schmeißen. Spüre nach und fühle, was es mit dir macht, die Zweifel loszulassen.

MACH DIR GERNE NOTIZEN:

# EIN NEUER TAG BEGINNT!

DAFÜR BIN ICH DANKBAR:

DARAUF LEGE ICH HEUTE DEN FOKUS:

DAS SCHÄTZE ICH AN MIR:

MEINE INTENTION FÜR DIESEN TAG:

DARAN MÖCHTE ICH MICH ERINNERN:

# Kettenreaktion Glück

## WAS WÜRDE SICH NOCH VERÄNDERN?

Hast du dir schon mal Gedanken gemacht, was sich verändern würde, wenn du dich mehr mit dir und dem Thema Glück auseinandersetzt?

MACH DOCH MAL EINE MINDMAP ODER EINE SKIZZE UND VERANSCHAULICHE DIR, AUF WELCHE LEBENSBEREICHE ES SICH AUSWIRKEN WÜRDE, WENN DU DIE ZIELE, DIE DU MIT DIESEM BUCH ANGEHEN WILLST, ERREICHT HAST.

Wenn du dir die Effekte bewusst machst, steigt die Wahrscheinlichkeit, dass du deine Ziele auch tatsächlich erreichst und sich dein Glück wie ein Lauffeuer auch auf andere Lebensbereiche ausdehnt.

WIR HABEN FÜR DIESE ÜBUNG EINE TOLLE VORLAGE ZUM AUSDRUCKEN VORBEREITET. DU KANNST SIE DIR HIER HERUNTERLADEN.

# EIN NEUER TAG BEGINNT!

DAFÜR BIN ICH DANKBAR:

DARAUF LEGE ICH HEUTE DEN FOKUS:

DAS SCHÄTZE ICH AN MIR:

MEINE INTENTION FÜR DIESEN TAG:

DARAN MÖCHTE ICH MICH ERINNERN:

# Glück gehabt

Egal wo du gerade im Leben stehst: Ich bin mir sicher, dass du in deiner Vergangenheit schon einige glückliche Momente erlebt hast. Vielleicht sogar in Situationen, die zu Beginn schmerzhaft waren. Suche heute mal bewusst nach solchen Momenten und entdecke die Geschenke in den *"Müllhaufen"* deiner Vergangenheit. Was macht es mit dir, wenn du verstehst, dass sich selbst in anfangs schmerzhaften Situationen rückblickend Chancen und Möglichkeiten verbergen?

„MAN KANN DAS LEBEN RÜCKWÄRTS VERSTEHEN, ABER MAN MUSS ES VORWÄRTS LEBEN." - SÖREN KIERKEGAARD.

MACH DIR NOTIZEN ZU DEINEN GEDANKEN!

# EIN NEUER TAG BEGINNT!

DAFÜR BIN ICH DANKBAR:

DARAUF LEGE ICH HEUTE DEN FOKUS:

DAS SCHÄTZE ICH AN MIR:

MEINE INTENTION FÜR DIESEN TAG:

DARAN MÖCHTE ICH MICH ERINNERN:

# Eine schöne Geschichte

In meinen Kursen und Webinaren teile ich gerne kurze Geschichten, die durch ihre tiefen Botschaften eine echte Veränderung anstoßen können. Deshalb möchte ich heute auch mit dir eine kleine Geschichte teilen. Sie wird dich ermutigen, für deine Veränderung loszugehen.

SCANNE DEN QR-CODE UND LASS DICH ÜBERRASCHEN.

# EIN NEUER TAG BEGINNT!

DAFÜR BIN ICH DANKBAR:

DARAUF LEGE ICH HEUTE DEN FOKUS:

DAS SCHÄTZE ICH AN MIR:

MEINE INTENTION FÜR DIESEN TAG:

DARAN MÖCHTE ICH MICH ERINNERN:

# Wochenende

## FEENFRAGE

Wir alle kennen die Geschichte von Aladin und der Wunderlampe. Sicherlich hast du dir auch schon das ein oder andere Mal vorgestellt, wie es wäre, einem Geist oder einer guten Fee deine größten Wünsche zu erzählen und *„Simsalabim"* wären sie wahr geworden. Tun wir doch mal so, als wäre heute der große Tag und ein Wunder würde geschehen! Stell dir vor, du hast es dir mit diesem Buch, ein paar Kerzen und deinem Lieblingsgetränk gemütlich gemacht und plötzlich erscheint eine Fee, der du all deine Wünsche offenbaren kannst. Die Fee hört genau hin und schwingt ihren Zauberstab und plötzlich ist alles anders! Welche Wunder geschehen jetzt? Was hat sich verändert? Wie fühlst, wie verhältst du dich? Woran bemerken andere, dass diese Wunder geschehen sind? Schreibe so detailliert wie möglich, was sich in deinem Leben nach dem Besuch der Fee verändert hat und formuliere die Sätze in der Gegenwart.

LASS DEN STIFT EINFACH ÜBER DAS PAPIER SAUSEN UND DENK DARAN: ALLES IST MÖGLICH! KEINE ANGST: KEIN WUNSCH UND KEIN ZIEL IST FÜR DIE FEE ZU GROSS!

# EINE WOCHE VOLLER GLÜCK

DAFÜR BIN ICH DIESE WOCHE DANKBAR:

MEINE GLÜCKLICHSTEN MOMENTE DIESE WOCHE:

DAS HABE ICH DIESE WOCHE GELERNT:

DAS MACHE ICH IN ZUKUNFT ANDERS:

# Tägliches Glück

Wir alle streben nach Glück und das am liebsten täglich. Warum sollten wir auch absichtlich unglücklich sein? Und doch liegen wir auch mal wie die Trauerklöße auf dem Sofa, kommen nicht aus dem Bett und fühlen uns mutlos und schwach.

Wir wissen alle wie wertvoll sich glückliche Momente anfühlen. Und doch lassen wir zu, dass wir uns dieses Gefühl absoluter Leichtigkeit, Freiheit, Verbundenheit – oder was auch immer Glück für dich bedeutet – immer wieder verwehren. Vielleicht kennst du das Gefühl, morgens aufzustehen und schon mit dem ersten Gedanken keine Lust mehr auf den Tag zu haben. Dir vergeht jede Motivation, bevor du dich überhaupt angezogen hast. Oder vielleicht startest du voller Vorfreude in den Tag, genießt deinen Morgen, bist gut drauf. Und dann passiert etwas: ein Stau oder ein blöder Spruch von einem Kollegen, und plötzlich war es das mit dem Glück für heute. Als hätte jemand den Schalter umgelegt, lassen wir uns immer wieder vom Außen beeinflussen. Ups!

Ich will ehrlich sein: Auch ich habe solche Tage. Selbst als Glücksmentorin und Coach ist es mir noch nicht gelungen, ein 100% glückliches Leben ohne schlechte Tage zu führen. Natürlich kommt es auch bei mir mal vor, dass ich mich selbst von banalen Situationen aus der Bahn werfen lasse, den Mut verliere und mir das Glück entgleitet. Und weißt du was: Das ist vollkommen normal und in Ordnung. Es geht nämlich nicht darum, nur noch glücklich zu sein und keine schlechten Tage mehr zu haben. Wirklich wichtig ist zu wissen, wie wir das Glück ganz schnell zurückbekommen.

Diese Woche möchte ich dir einen vertraulichen Einblick in meinen Methodenkoffer gewähren und dir ein paar starke Tools vorstellen, mit denen du in Einklang mit äußeren Umständen glücklich sein kannst. Wie du bereits aus der Einleitung des Buches weißt, kann unser Gehirn bis ins hohe Alter trainiert werden, indem alte Synapsen gelöscht und neue Verbindungen gebildet oder verstärkt werden. Das funktioniert natürlich auch mit dem positiven Denken, das für unser Glück so wichtig ist. Wusstest du, dass jeder Mensch eine große Zuversicht in sich trägt, egal wie negativ er auch zu sein scheint? Wissenschaftler nennen diese Zuversicht *„dispositioneller Optimismus"*. Optimistische Menschen erfahren ein höheres Wohlbefinden und reagieren gelassener in stressigen Situationen.[35] Es konnte sogar festgestellt werden, dass optimistische Menschen bei Operationen schneller genesen als Pessimisten.[36] Lass uns deine optimistische Geisteshaltung trainieren! Das Schöne daran: Dafür musst du nicht viel mehr tun, als einfach mal innezuhalten, die Augen zu schließen und weder einen Gedanken an die Vergangenheit noch an die Zukunft zu verschwenden. Du wirst feststellen, dass du jetzt in diesem Moment ganz viele Gründe hast, glücklich zu sein: Du atmest, dein Herz schlägt, du hast genügend finanzielle Mittel, um dir dieses Buch zu kaufen, vermutlich hast du ein Dach über dem Kopf und in den letzten 24 Stunden etwas richtig Leckeres gegessen. Vielleicht singt gerade ein Vogel oder die Sonne scheint und verbreitet eine angenehme Wärme. Oder vielleicht ist heute ein grauer Tag mit dunklen Wolken und einem starken Wind, der dir den Regen ins Gesicht peitscht. Selbst hierin wirst du Glück finden, wenn du dich zum Beispiel durch den kalten Wind so richtig lebendig fühlst, oder weißt, dass du bald im Trockenen bist. Du siehst: Entscheidend für dein Glück ist, wie du die Situationen in deinem Leben betrachtest. Glücklich zu sein ist eine Entscheidung. Deine Entscheidung!

Leider bleiben diese kleinen Fragmente des Glücks für viele Menschen verborgen. Sie denken, Glück sei etwas Großes, das wir erst erreichen müssen. Vielleicht hast du selbst schon mal etwas gesagt wie: *„Wenn ich den Abschluss/Job/Urlaub habe, dann werde ich glücklich!“* Doch glücklich sind wir im Hier und Jetzt. Und zwar unabhängig von äußeren Umständen. Alles was du dafür brauchst, ist eine Entscheidung, ein gut trainierter positiver Fokus und Achtsamkeit für die kleinen Dinge, die dich glücklich machen. Ja, dafür kannst du auch Tanzen, Meditieren, Kochen, einen Spaziergang an der frischen Luft machen oder das Gespräch mit Menschen suchen, die dir guttun. Probiere dich aus, experimentiere und trainiere täglich deine Dankbarkeit. Sei achtsam: Dir selbst, anderen Menschen und der Welt gegenüber. Verliebe dich in die kleinen Details, hab Spaß beim Entdecken, Ausprobieren und Forschen. Trau dich, deinem inneren Kind wieder Raum zu schenken und sieh die Welt aus den Augen eines kleinen Menschen, der einfach nur im Moment lebt, sich mit großem Staunen umschaut und sich über die kleinsten Dinge freut! Glück ist kein Luxusurlaub, keine Traumwohnung, keine Partnerschaft, kein Job. Erinnerst du dich? Das Glück ist in dir und überall. Du musst es nur entdecken!

NOTIZEN

# Achtsamkeit

Warten nervt. Und wir müssen es täglich immer wieder tun: Im Stau, in der langen Schlange im Supermarkt, beim Arzt, in der Warteschleife am Telefon oder an der fünften roten Ampel – ständig warten! Würdest du gerne lernen, in den Wartezeiten deines Lebens glücklich zu sein? Nutze heute jeden Moment des Wartens, um im Hier und Jetzt anzukommen.

WENN DU DAS NÄCHSTE MAL WARTEST, VERSUCHE DEN MOMENT MIT ALLEN SINNEN ZU ERLEBEN.

Hörst du das Zwitschern der Vögel? Welche Geräusche sind da noch? Wie fühlt sich die Temperatur auf deiner Haut an? Was kannst du entdecken, riechen und schmecken? Was tun die Menschen um dich herum? Zeitfenster, in denen wir nichts zu tun haben, sind unsere Gelegenheit, in den Moment zu finden. Du solltest diese Chancen nutzen, um im Moment achtsam zu sein und damit Gelassenheit und Glück zu gewinnen.

# EIN NEUER TAG BEGINNT!

DAFÜR BIN ICH DANKBAR:

DARAUF LEGE ICH HEUTE DEN FOKUS:

DAS SCHÄTZE ICH AN MIR:

MEINE INTENTION FÜR DIESEN TAG:

DARAN MÖCHTE ICH MICH ERINNERN:

# Free Hugs!

Wann hast du zum letzten Mal einen Menschen aus tiefstem Herzen umarmt? Wusstest du, dass Berührungen dieser Art uns glücklich machen? Doch nicht nur das: Körperkontakt, zum Beispiel bei einer Umarmung, ist für uns Menschen fast genauso wichtig wie die Luft zum Atmen. Ja, Umarmungen stärken sogar unser Immunsystem, steigern das Gefühl von Verbundenheit und helfen dabei, Stress zu reduzieren.

MACHE ES DIR HEUTE ZUR AUFGABE, EIN PAAR RICHTIGE UMARMUNGEN ZU VERTEILEN. „FREE HUGS" IST DEIN MOTTO DES TAGES!

# EIN NEUER TAG BEGINNT!

DAFÜR BIN ICH DANKBAR:

DARAUF LEGE ICH HEUTE DEN FOKUS:

DAS SCHÄTZE ICH AN MIR:

MEINE INTENTION FÜR DIESEN TAG:

DARAN MÖCHTE ICH MICH ERINNERN:

# Die kleinen Rosinen

Selbst beim Essen kannst du deine Achtsamkeit schulen! Wie das geht? Zum Beispiel mit der sogenannten Rosinenübung. Alles was du dafür brauchst, sind eine Rosine und etwas Zeit für dich.

NIMM DIE ROSINE IN DIE HAND UND BEHANDLE SIE NUN SO, ALS WÜRDEST DU SIE ZUM ERSTEN MAL IN DEINEM LEBEN SEHEN.

Nimm dir genügend Zeit, die Rosine mit allen Sinnen zu entdecken. Wie sieht sie aus und was passiert, wenn du sie ins Licht hältst? Kannst du der Rosine Geräusche entlocken? Wie riecht sie? Wie fühlt sich die Rosine auf deiner Haut und auf deinen Lippen an? Erkunde die Rosine wirklich ein paar Minuten lang so aufmerksam wie möglich, bevor du sie mit genauso viel Achtsamkeit in den Mund nimmst. Fühle sie und nimm den Geschmack wahr, bevor du sie kaust. Du magst keine Rosinen? Kein Problem, das klappt natürlich auch mit einer Mandarine, einem Apfel oder jedem anderen Lebensmittel.

# EIN NEUER TAG BEGINNT!

DAFÜR BIN ICH DANKBAR:

DARAUF LEGE ICH HEUTE DEN FOKUS:

DAS SCHÄTZE ICH AN MIR:

MEINE INTENTION FÜR DIESEN TAG:

DARAN MÖCHTE ICH MICH ERINNERN:

# Zeit für dich

Warst du schon mal allein in einem Café und hast einfach die Zeit mit dir selbst genossen?

PROBIERE ES HEUTE DOCH MAL AUS. NIMM DIR ZEIT, UM SIE DIR SELBST ZU SCHENKEN.

Lass die Umgebung auf dich wirken, beobachte die Menschen und löffle den Milchschaum heute besonders genüsslich. Vielleicht gehörst du zu den Menschen, denen das total leichtfällt, möglicherweise geht es dir aber wie sehr vielen Menschen und allein der Gedanke daran, dich über einen gewissen Zeitraum mit dir selbst zu beschäftigen, bereitet dir Unbehagen. Wenn das der Fall ist: Großartig! Dann solltest du es unbedingt tun, denn hier steckt wahrscheinlich großes Wachstumspotenzial!

# EIN NEUER TAG BEGINNT!

DAFÜR BIN ICH DANKBAR:

DARAUF LEGE ICH HEUTE DEN FOKUS:

DAS SCHÄTZE ICH AN MIR:

MEINE INTENTION FÜR DIESEN TAG:

DARAN MÖCHTE ICH MICH ERINNERN:

# Tanz dich glücklich!

Meditation muss nicht immer im Stillen passieren! Im Gegenteil: Jede Tätigkeit, die du mit deiner vollen Präsenz ausübst, kann zur Meditation werden. Und ja, sogar Tanzen gehört dazu! Heute lade ich dich ein, deinem Glück durch eine kleine Tanzeinheit auf die Sprünge zu helfen. Mach dein Lieblingslied an und tanze hemmungslos, so wie es dir in dem Moment gefällt und guttut. Egal, ob du springst, zappelst, stampfst, elegant die Hüften schwingst oder mit geschlossenen Augen sanft im Takt wiegst. Wenn du magst, mache doch ein Video deiner Tanzeinlage und teile es mit dem Hashtag *#tanzdichglücklich* und verlinke *@gluecksperiment* und *@juliamariebeckert*! Vielleicht können wir damit eine kleine Bewegung lostreten...äh tanzen! Übrigens gibt es eine Community-Playlist auf Spotify, die lauter Lieblingssongs glücklicher Leser und Seminarteilnehmer enthält:

LUST AUF GUTE-LAUNE-MUSIK? HIER KOMMST DU ZU UNSERER SPOTIFY PLAYLIST!

# EIN NEUER TAG BEGINNT!

DAFÜR BIN ICH DANKBAR:

DARAUF LEGE ICH HEUTE DEN FOKUS:

DAS SCHÄTZE ICH AN MIR:

MEINE INTENTION FÜR DIESEN TAG:

DARAN MÖCHTE ICH MICH ERINNERN:

# Wochenende

## ACHTSAMKEITSMEDITATION

Dieses Wochenende lade ich dich zu einer entspannenden, entschleunigenden Achtsamkeitsmeditation ein. Mach es dir dazu bequem, sorge für eine gemütliche Atmosphäre und achte darauf, dass du ungestört der Meditation folgen kannst.

WENN DU BEREIT BIST, SCHALTE DEIN HANDY LAUTLOS, SETZE GERNE KOPFHÖRER AUF UND SCANNE DEN QR-CODE. WIR HÖREN UNS GLEICH.

# EINE WOCHE VOLLER GLÜCK

DAFÜR BIN ICH DIESE WOCHE DANKBAR:

MEINE GLÜCKLICHSTEN MOMENTE DIESE WOCHE:

DAS HABE ICH DIESE WOCHE GELERNT:

DAS MACHE ICH IN ZUKUNFT ANDERS:

GLÜCK IST IN DIR UND ÜBERALL.

DU MUSST ES NUR ENTDECKEN!

# Gefühle lieben

Wenn unsere positiven Gefühle die weißen Tasten und unsere negativen Gefühle die schwarzen Tasten einer Klaviatur wären, würden die meisten Menschen vermutlich nur die weißen Tasten spielen wollen. Wer möchte schon freiwillig Angst haben, wütend sein oder vor Trauer nicht aus dem Bett kommen? Vielleicht überrascht es dich, wenn ich dir jetzt sage, dass wir trotzdem alle Gefühle brauchen und selbst für die Gefühle, die uns unangenehm sind, dankbar sein können. Ich möchte dir diese Woche ein gewisses Grundverständnis für das Thema Gefühle mitgeben, damit du lernst, wie du Ruhe ins Gefühlschaos bringst.

In meinen Interviews wurde mir häufig von Stimmungsschwankungen erzählt, die für meine Gesprächspartner und ihr Umfeld oft richtig anstrengend waren. Jeder von uns kennt den Moment, in dem wir innerlich zu brodeln beginnen und wir wie ein Vulkan zu explodieren drohen oder ganz in uns gekehrt in den Trauerkloß-Modus verfallen. Was wäre, wenn du ein paar Tools hättest, mit denen du diese Extreme vermeiden oder innerhalb von Minuten oder gar Sekunden zurück in die guten Gefühle wechseln könntest? Fröhlicher, entspannter und gelassener wärst und der Angst liebevoll ins Gesicht lächeln könntest?

Bevor ich dir einen kleinen Einblick in meine Schatzkiste für gute Gefühle gebe, möchte ich darauf eingehen, was Gefühle sind und wie sie entstehen. Diese Grundlage ist wichtig, denn nur so kannst du auch Akzeptanz für die unangenehmen Gefühle, deine schwarzen Tasten, entwickeln. Vielleicht fragst du dich gerade, warum ich gerade angedeutet habe, dass es Möglichkeiten gibt, unsere Gefühle schnell zu verändern und jetzt von Akzeptanz rede. Ganz einfach: Auch unangenehme Gefühle sind wichtig und wir dürfen sie annehmen und ergründen. Jedoch ist es ein Unterschied, ob wir uns lange in unseren negativen Gefühlen einsperren oder ob wir schnell wieder aus solchen Zuständen herauskommen. Auch wenn es in der spirituellen Szene oft heißt, dass wir negative Gefühle *„aushalten"* und durchleben müssen, bin ich überzeugt, dass wir uns nicht lange schlecht fühlen müssen. Doch von vorne: Was sind Gefühle eigentlich? Gefühle sind im weitesten Sinne alles, was wir durch körperliche Empfindungen wahrnehmen, also Reize, die von außen kommen und sich zum Beispiel durch Druck, Kribbeln oder Hitze bemerkbar machen. Die biologische Reaktion daraus nennt man Emotionen, die bei allen Menschen gleich ausfällt.[37] In der traditionellen chinesischen Medizin werden Emotionen als Signale eines Bedürfnisses gedeutet. Unsere Emotionen werden in dieser Lehre in fünf Familien unterteilt: Angst, Aggression, Freude, Traurigkeit und Sorge.[38] Aus diesen Grundemotionen leiten sich viele weitere Gefühle ab. Der US-amerikanische Anthropologe und Psychologe, Paul Ekman kommt auf sieben Grundemotionen: Freude, Angst, Ekel, Trauer, Ärger, Überraschung und Verachtung.[39] Erst durch unser Denken und unsere Bewertungen, die sich unter anderem aus Erfahrungen und Erwartungen ergibt, wird aus der Emotion ein Gefühl[40], wie zum Beispiel Leichtigkeit oder Erleichterung. Häufig werden die Begriffe Emotion und Gefühl synonym verwendet. Das ist auch okay, denn es geht dabei gar nicht um die genaue Unterscheidung, sondern darum, dass du verstehst, dass Gefühle nicht per se gut oder schlecht sind. Vielmehr verstehe ich unsere Gefühle als Hinweisgeber. Wie ein Verkehrszeichen, das dir zum Beispiel sagt: *"Stopp, hier geht es nicht weiter!"*, *"Achtung, Gefahr!"*, oder: *"Grünes Licht! Volle Kraft voraus!"* oder *„Hier stimmt etwas nicht."*.

Das passiert zum Beispiel, wenn dir im Restaurant dein Essen serviert wird. Du empfängst dein Mittagessen und hast auf der Basis deiner Erfahrungen eine gewisse Erwartungshaltung. Stell dir vor, du nimmst den ersten Bissen in den Mund und stellst fest, dass das gebratene Gemüse kalt und sehr salzig ist. Zunächst ist schlichtweg deine Wahrnehmung aktiv. Doch aufgrund deiner Erfahrungen hast du Erwartungen entwickelt und wirst deinen Sinneseindruck bewerten. Das könnte dann so aussehen: *„Oh man! Ich muss gleich 15 Euro für ein Essen bezahlen, das total versalzen ist und die haben es nicht mal hinbekommen, den Teller von der Küche zu mir zu bringen, bevor alles kalt geworden ist! Ich bin so enttäuscht, bekümmert und etwas traurig. Hm!"* Und wenn du das auch noch persönlich nimmst, geht es weiter – und tiefer: *„Was bilden die sich ein! Die haben mir meine ganze gute Laune verdorben und es ist ihnen egal, wie es mir geht. Ich fühle mich so herabgewürdigt."* Du gleichst deine Wahrnehmung mit deinen Erfahrungen und Erwartungen ab und bewertest die Situation. Dein Körper setzt Botenstoffe, sogenannte Neurotransmitter ein, die dafür sorgen, dass du deine Gedanken (*„Moment mal, das Essen ist total falsch! Was soll das!"*) fühlst und emotional wirst. Wenn du positive Gedanken hast, produziert dein Gehirn Dopamin, was dich fröhlich und glücklich sein lässt. Hast du negative Gedanken, entwickelt dein Gehirn Neuropeptide und diese erzeugen Emotionen wie Anspannung, Stress, Traurigkeit oder Wut. Finden wir kein Ventil für negative Emotionen – also genau die, die wir in diesem Moment nicht fühlen wollen – können sich diese ansammeln und dann brodelt es eben irgendwann aus uns heraus wie aus einem Vulkan. Das wiederum bewerten wir negativ und fühlen uns noch schlechter. Ein Kreislauf, den du unterbrechen kannst! Dabei helfen dir die Tools, die ich dir diese Woche vorstelle.

Kommen Emotionen wie Wut oder Traurigkeit in dir hoch, ist es zudem hilfreich, ihre Ursache zu ergründen: Auf welches Bedürfnis möchte dich diese Emotion hinweisen? Wo darfst du noch hinsehen? Wovor möchten dich diese Emotionen beschützen? Denke stets daran, dass alle Emotionen wichtig sind: Deine Emotionen dienen dir! Stell dir ein Leben ohne Angst vor. Würden wir uns nicht viel häufiger in Gefahr bringen? Gäbe es keinen Ekel würden wir wahrscheinlich giftige Dinge essen und ohne Traurigkeit könnten wir nicht feststellen, dass wesentliche Bedürfnisse bei uns unerfüllt sind. Wir brauchen also alle Tasten: Die weißen und die schwarzen! Beginne, die Vielfalt deiner Emotionen als Symphonie zu betrachten. Diese Woche gehen wir dafür die ersten kleinen Schritte und du lernst, wie du durch ein paar einfache Übungen selbst entscheiden kannst, welche Tasten du drückst und wie lange und laut du deine Melodie spielst.



NOTIZEN

NOTIZEN

# Kopf hoch

Hast du schon mal einen Menschen gesehen, der richtig glücklich ist und dabei den Kopf hängen lässt? Oder jemanden, der traurig ist und beschwingt durch die Gegend hüpft? Was ich dir jetzt mitgeben möchte, ist Folgendes: Es gibt eine Verbindung zwischen deinem Gefühlszustand und deiner Körperhaltung. Geht es dir das nächste Mal nicht gut, richte dich auf, strecke die Arme in die Luft oder gehe eine Runde spazieren. Lass deinen Blick durch die Baumkronen gleiten. Du wirst sehr schnell feststellen, dass es dir mit jedem Schritt besser geht.

PROBIERE ES JETZT MAL AUS UND WECHSLE EIN PAAR MAL ZWISCHEN EINER GEBÜCKTEN UND EINER AUFRECHTEN HALTUNG. FÜHLST DU DEN UNTERSCHIED?

# EIN NEUER TAG BEGINNT!

DAFÜR BIN ICH DANKBAR:

DARAUF LEGE ICH HEUTE DEN FOKUS:

DAS SCHÄTZE ICH AN MIR:

MEINE INTENTION FÜR DIESEN TAG:

DARAN MÖCHTE ICH MICH ERINNERN:

# Schenk dir ein Lächeln

Gestern hast du schon erfahren, wie leicht du durch deine Körperhaltung deine Gefühle beeinflussen kannst. Doch es geht noch einfacher: Wenn du lächelst, löst du damit einen Chemiecocktail im Gehirn aus, der letztendlich Glückshormone produziert.

VERSUCH ES DOCH HEUTE MAL UND LACHE DICH ZWEI MINUTEN LANG IM SPIEGEL AN ODER SCHENKE DEM BUCH, DAS DU GERADE IN DER HAND HÄLTST, EIN WARMES, ZUFRIEDENES LÄCHELN.

Wie die Anpassung deiner Körperhaltung wirkt sich auch deine Mimik direkt auf deinen Gemütszustand aus. Du wirst merken, wie sich deine Laune spürbar verbessert. P.S.: Das funktioniert sogar, wenn dir absolut nicht zum Lächeln zumute ist.

# EIN NEUER TAG BEGINNT!

DAFÜR BIN ICH DANKBAR:

DARAUF LEGE ICH HEUTE DEN FOKUS:

DAS SCHÄTZE ICH AN MIR:

MEINE INTENTION FÜR DIESEN TAG:

DARAN MÖCHTE ICH MICH ERINNERN:

# Wer sich sorgt, leidet doppelt

Wie oft machen wir uns unnötig Sorgen oder malen uns Szenarien aus, die sowieso in 99% der Fälle nicht eintreffen? Mach heute eine kleine Strichliste und zähle mit, wie oft du dir Sorgen machst. Typische Formulierungen sind: *„Wenn das passiert, dann könnte ja...“*, oder: *„Aber es könnte ja sein, dass...“* Versuche bewusst, solche Gedanken zu vermeiden und einfach im jetzigen Moment zu sein. Kommen bei mir Sorgen und Zweifel auf, sage ich mir immer wieder mein Mantra: *“Ich vertraue darauf, dass alles zu meinem Besten passiert und positive Dinge mein Leben erfüllen.”* Dieser Satz und das Gefühl dazu, dass alles im Leben FÜR mich passiert, helfen mir in solchen Situationen enorm.

PROBIERE ES AUS!

# EIN NEUER TAG BEGINNT!

DAFÜR BIN ICH DANKBAR:

DARAUF LEGE ICH HEUTE DEN FOKUS:

DAS SCHÄTZE ICH AN MIR:

MEINE INTENTION FÜR DIESEN TAG:

DARAN MÖCHTE ICH MICH ERINNERN:

# Atme dich frei

Du hast zu Beginn dieses Buches bereits erfahren, dass dein Atem mit deinem Nervensystem verbunden ist. Durch unseren Atem haben wir direkten Einfluss darauf, wie wir uns fühlen und können uns zum Beispiel durch eine bewusste, tiefe Atmung entspannen.

PROBIERE ES AUS UND VERSUCHE, DICH GANZ BEWUSST AUF DEINEN ATEM ZU KONZENTRIEREN.

Atme bewusst ein, spüre wie sich die Bauchdecke wölbt, halte die Luft kurz an und atme dann durch den geöffneten Mund aus. Wiederhole den Ablauf für ein paar Atemzüge oder, wenn du magst, für mehrere Minuten.

Einatmen... Halten... Ausatmen...

Spürst du die Veränderung? Wie geht es dir jetzt?

Nimm dir dafür regelmäßig bewusst Zeit und integriere diese einfache Atemübung in deinen Alltag.

EINE WEITERE ATEMÜBUNG MÖCHTE ICH GEMEINSAM MIT DIR MACHEN. SCANNE DEN CODE UND MACH ES DIR GEMÜTLICH. WIR SEHEN UNS GLEICH!

# EIN NEUER TAG BEGINNT!

DAFÜR BIN ICH DANKBAR:

DARAUF LEGE ICH HEUTE DEN FOKUS:

DAS SCHÄTZE ICH AN MIR:

MEINE INTENTION FÜR DIESEN TAG:

DARAN MÖCHTE ICH MICH ERINNERN:

# Mal dich glücklich

LASS UNS EIN KLEINES EXPERIMENT WAGEN:

Spür in dich hinein und finde heraus, ob da irgendein Gefühl ist, das dich gerade belastet. Beobachte dieses Gefühl für einen Moment und dann öffne die Augen, schnapp dir ein paar Stifte und male dein Gefühl in die linke Spalte. Nun male das Gefühl in der rechten Spalte neu! Vielleicht magst du die Form, die Farben, die Größe oder andere Aspekte ändern, so dass du dein neues Gefühl richtig gut findest. Tu so, als wärst du der Künstler deiner Gefühle und tob dich richtig aus. Schließe dann nochmal deine Augen und beobachte, was diese kleine Malübung mit dem Gefühl in dir gemacht hat. Übrigens kannst du mit dieser Übung auch gute Gefühle noch intensiver erleben und sie stärker machen.

# EIN NEUER TAG BEGINNT!

DAFÜR BIN ICH DANKBAR:

DARAUF LEGE ICH HEUTE DEN FOKUS:

DAS SCHÄTZE ICH AN MIR:

MEINE INTENTION FÜR DIESEN TAG:

DARAN MÖCHTE ICH MICH ERINNERN:

# Wochenende

## GEFÜHLE SIND EIN WUNSCHKONZERT

Stell dir vor, deine Palette an Gefühlen wäre eine Speisekarte, von der du jederzeit frei wählen könntest. Je nach Situation wählst du genau das Gefühl, auf die du so richtig Appetit hast; die sich gut und richtig anfühlt. Du weißt mittlerweile, dass wir unsere Gefühle durchaus beeinflussen und schon allein durch unsere Physiologie und unseren Atem ganz viel verändern können! Wähle heute mal die Gefühle, die dich zukünftig begleiten sollen, ganz gezielt aus. Schon ein Bewusstsein dafür sorgt für eine Veränderung und du kannst in Zukunft aktiv steuern, wie du deinen gewünschten Zustand erreichst.

WELCHE 5 GEFÜHLE MÖCHTEST DU IN DEINEM ALLTAG AM LIEBSTEN FÜHLEN?

IN WELCHEN SITUATIONEN ERLEBST DU DIESE GEFÜHLE AM HÄUFIGSTEN?

ÜBERLEGE DIR JETZT, WIE DU DIESE GEFÜHLE AB JETZT NOCH MEHR IN DEIN LEBEN HOLEN KANNST!

# EINE WOCHE VOLLER GLÜCK

DAFÜR BIN ICH DIESE WOCHE DANKBAR:

MEINE GLÜCKLICHSTEN MOMENTE DIESE WOCHE:

DAS HABE ICH DIESE WOCHE GELERNT:

DAS MACHE ICH IN ZUKUNFT ANDERS:

herfreut energisch dan
er glückselig ermuntert energiegelade
edlich berührt entschlossen überglücklic
oll süß gebannt beruhigt beständig
glücklich feinsinnig erleichtert ru
motiviert beschwingt erfreut offen bef
n meditativ tatkräftig privilegiert seli
umend unbekümmert bezaubert ung
utigt lebenslustig sensibel verzückt tei
ch überrascht erstaunt optimistisch l
weckt einfallsreich echt überschwän
fasziniert geborgen verwundert aufr
det ausgelassen gesegnet

# Liebe

Meinem Freund Robert und mir spritzt das Salzwasser ins Gesicht, das unser Motorboot aufwirbelt, als es durch die Wellen vor der indonesischen Insel Nusa Penida pflügt. Auf der einen Seite das glitzernde unendliche Meer, auf der anderen Seite dichter Dschungel, endlose Sandstrände und das flache, türkisfarbene Wasser in den malerischen Buchten, die mit ihrem Anblick unsere Herzen höherschlagen lassen. Die Sonne überschüttet uns mit ihrem warmen, hellen Licht und wir schauen uns einfach grinsend an. Aus der Ferne dringt wie durch Watte das Röhren des Bootmotors und das Gelächter unserer Freunde zu uns heran. Während der salzige, warme Wind den Geschmack der Freiheit auf unsere Lippen legt, gibt es in diesem Moment nichts, was diesen Augenblick schöner machen könnte. Dann bricht Robert das Schweigen: *"Es ist, als würde die Liebe des ganzen Universums durch deine Augen strahlen!"* Robert hatte Recht. Ich habe es mir zu meiner liebsten Angewohnheit gemacht, die Welt durch die Augen der Liebe zu betrachten. Alles, was ich mit meinen Sinnen wahrnehme, fließt durch den Filter der Liebe und kommt erst dann bei mir an. Und auch umgekehrt möchte ich alles, was andere Menschen von mir wahrnehmen, mit der unglaublichen Kraft der Liebe anreichern.



Das war nicht immer so. Dafür habe ich mich im dunkelsten Moment meines Lebens entschieden, als ich irgendwo den Satz *„Wo Liebe ist, ist keine Angst"*, aufgeschnappt habe. Damals war Angst mein täglicher Begleiter und so war für mich klar, was ich zu tun hatte, um wieder ins Leben zu finden: Von diesem Tag an programmierte ich mich auf Liebe. All meine Sinne, mein Denken, mein Handeln, mein Fühlen. Ich öffnete mein Herz in jenen Momenten, in denen ich es am liebsten für immer verschlossen hätte, damit es nicht verletzt wird. Ich übte mich darin, meinen Fokus auf die Fülle, die mich überall umgab, zu lenken, anstatt die Dinge zu vermissen, die mir fehlten. Ich ließ keine Oberflächlichkeit mehr zu. Ich tauchte ein in die unscheinbarsten Alltäglichkeiten und suchte in ihnen die Liebe. Der Duft von Blumen, die Schönheit der Bläschen im Cappuccinoschaum und der Geschmack von frischem Wasser, das für meinen Körper das Elixier des Lebens ist.

Diese Praxis brachte Tag für Tag mehr bunte Farbtupfer in meine damals graue, mutlose Welt. Plötzlich gab es etwas, das stärker war als der Schmerz. Etwas, das meine Angst so vertrieb wie das Licht die Dunkelheit. Plötzlich war da Liebe! Mir war plötzlich klar, dass alles Liebe ist. Liebe ist stärker als alle Naturgewalten. Liebe ist die Kraft, ohne die kein

Leben möglich ist. Schließe doch mal einen Moment die Augen und stelle dir unsere Welt ohne Liebe vor. Alles, was du bist, machst oder haben möchtest, entspringt der Liebe! Sei es die Liebe deiner Eltern, die dir dein Leben geschenkt haben, oder die Liebe eines Ingenieurs zu seinem Beruf, der dir heute gewisse Dinge ermöglicht. Die Liebe eines Gärtners zu seinen Pflanzen oder die des Designers, der den Stuhl entworfen hat, auf dem du täglich sitzt. Alles, was du in deinem Leben hast, entspringt im Kern der Liebe!

Die meisten Menschen, die ein erfülltes, glückliches Leben führen, wissen nicht einmal, was sie selbst dazu beigetragen haben. Sie haben sich die Macht der Liebe zu Nutze gemacht. Seit Anbeginn der Menschheitsgeschichte sprechen wir über die Liebe. Religionen, Dichter, Philosophen und Propheten: Sie alle kennen die größte Kraft im Universum. Richtig eingesetzt ist Liebe so stark, dass du damit dein ganzes Leben in eine positive, glückliche Richtung lenken kannst.



OHNE LIEBE GIBT ES KEIN GLÜCK.

Warum? Weil Liebe einem einfachen, aber wirksamen Gesetz folgt: Je mehr Liebe du gibst, desto mehr bekommst du zurück! So funktioniert auch das Gesetz der Anziehung. Dieses Gesetz besagt, dass alles, was wir aussenden, zu uns zurückkommt. Sendest du Positives aus, bekommst du Positives zurück. Sendest du Negatives aus, wirst du auch Negatives zurückbekommen. Dieses Gesetz nutzen wir diese Woche für dich! Wenn wir die Kontrolle über unsere Gedanken und Gefühle haben und mehr als die Hälfte der Zeit Liebe aussenden, kommt diese auch zu uns zurück! Vielleicht auf einem Boot in Indonesien. Vielleicht aber auch auf eine ganz andere Art und Weise, die deine Augen vor Glück strahlen lässt.

NOTIZEN

# Liebe tanken

SCHLIESSE DEINE AUGEN UND SPÜRE IN DICH HINEIN. WIE GEHT ES DIR GERADE? WELCHE EMOTIONEN REGEN SICH IN DIR? WELCHE GEDANKEN WOLLEN GEHÖRT WERDEN?

Spüre deinen ganzen Körper von Kopf bis Fuß und scanne ihn nach möglichen *„dunklen Stellen"* ab. Stelle dir nun vor, wie du von einem hellen Licht der Liebe durchströmt wirst, das von der Krone deines Kopfes aus in jeden Teil deines Körpers fließt. Schicke dieses Licht ganz bewusst an dunkle Stellen und spüre, wie dich ein Gefühl unendlicher Liebe erfüllt.

WENN DU DEN QR-CODE SCANNST, KANNST DU DIESE ÜBUNG ALS KURZE MEDITATION GEMEINSAM MIT MIR MACHEN!

# EIN NEUER TAG BEGINNT!

DAFÜR BIN ICH DANKBAR:

DARAUF LEGE ICH HEUTE DEN FOKUS:

DAS SCHÄTZE ICH AN MIR:

MEINE INTENTION FÜR DIESEN TAG:

DARAN MÖCHTE ICH MICH ERINNERN:

# Ich hab dich lieb

Im stressigen Alltag kommen so einfache Worte wie *„Ich hab dich lieb"*, oft zu kurz. Viel zu selten zeigen wir diese gefühlvolle, verletzliche Seite an uns. Du wirst sehen: Wenn du es schaffst, diese Wertschätzung mit den Menschen um dich herum zu teilen, wird auch dich eine Welle der Liebe überfluten.

NUTZE DEN HEUTIGEN TAG UND SAGE MINDESTENS EINEM MENSCHEN, WIE GERN DU IHN ODER SIE HAST UND DRÜCKE DEINE WERTSCHÄTZUNG AUS.



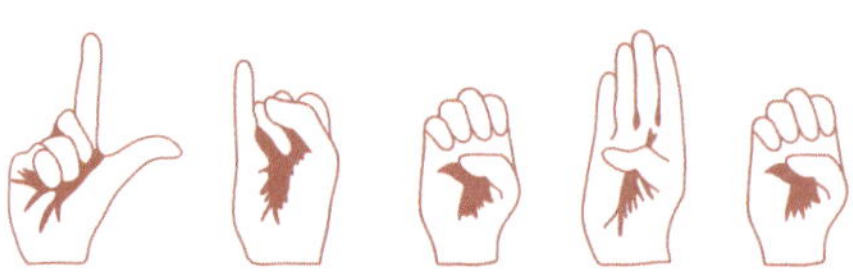

# EIN NEUER TAG BEGINNT!

DAFÜR BIN ICH DANKBAR:

DARAUF LEGE ICH HEUTE DEN FOKUS:

DAS SCHÄTZE ICH AN MIR:

MEINE INTENTION FÜR DIESEN TAG:

DARAN MÖCHTE ICH MICH ERINNERN:

# Liebe zum Detail

Es sind die kleinen Dinge im Leben. Die ein, zwei Minuten mehr Zeit, Hingabe und Leidenschaft, mit der du deinen Alltag gestaltest. Isst du zum Beispiel den Käse direkt aus der Packung oder nimmst du dir die Zeit, den Tisch zu decken und alles so anzurichten, dass du allein beim Anblick des Essens glücklich wirst? Bemühst du dich, dein Zuhause ordentlich zu halten und ihm mit Kerzen und frischen Blumen etwas mehr Lebendigkeit und Liebe einzuhauchen? All diese Dinge sind schnell getan, machen jedoch einen großen Unterschied! Wenn du irgendwann auf dein Leben zurückblickst: Willst du dich dann nur satt gegessen haben oder willst du dich an eine schöne Atmosphäre und Momente des Genießens erinnern? Wo kannst du mit etwas mehr Leidenschaft und Liebe aus einfachen Momenten magische Augenblicke machen?

SCHREIBE MINDESTENS ZWEI SITUATIONEN AUF, IN DENEN DU BEIM NÄCHSTEN MAL EIN PAAR MINUTEN INVESTIERST, UM SIE LIEBEVOLL UND WERTSCHÄTZEND ZU GESTALTEN.

# EIN NEUER TAG BEGINNT!

DAFÜR BIN ICH DANKBAR:

DARAUF LEGE ICH HEUTE DEN FOKUS:

DAS SCHÄTZE ICH AN MIR:

MEINE INTENTION FÜR DIESEN TAG:

DARAN MÖCHTE ICH MICH ERINNERN:

# Entdecke, was du liebst

Lust auf ein kleines Spiel? Programmiere deinen Fokus heute auf Liebe! Stell dir vor, du hättest einen automatischen Wahrnehmungsfilter, der dir heute all die Dinge zeigt, die du liebst. Und nein, dir wird dadurch nicht zehn Mal dein heimlicher Schwarm begegnen. Für dich bedeutet diese Übung, ein Bewusstsein für all das, was du längst hast, zu entwickeln. Das geht ganz einfach: Stelle dir über den Tag verteilt immer wieder die Frage:

„WAS SEHE ICH ALLES, WAS ICH LIEBE?"

Wenn du dir immer wieder diese Frage stellst und deinen Verstand und deine Wahrnehmung aktiv auf Liebe einstellst, kann dein Verstand nicht anders, als dir Dinge zu zeigen, die du liebst. Wenn du diese Übung regelmäßig machst, wirst du zunehmend automatisch den Fokus darauf richten. Das Ergebnis? Mehr Liebe, Dankbarkeit und Glück in deinem Leben!

# EIN NEUER TAG BEGINNT!

DAFÜR BIN ICH DANKBAR:

DARAUF LEGE ICH HEUTE DEN FOKUS:

DAS SCHÄTZE ICH AN MIR:

MEINE INTENTION FÜR DIESEN TAG:

DARAN MÖCHTE ICH MICH ERINNERN:

# Selbstliebe

Ich wüsste so gerne, ob sich deine Selbstliebe im Laufe deines Glücksperiments bereits gesteigert hat. In meinen Seminaren kann ich immer wieder beobachten, dass meine Teilnehmerinnen im Laufe der Zeit so viel Wärme und Zuneigung für sich entwickeln, dass sie sich regelrecht in sich verlieben. Wie sie das schaffen? Ganz einfach: Wenn wir uns intensiv mit uns selbst beschäftigen, wächst die Liebe zu uns ganz von allein. Vor allem, wenn wir daran arbeiten, eine positive Sicht auf die Welt, das Leben und auf uns zu entwickeln.

Wie ist es bei dir? Hast du die letzten Wochen gemerkt, dass du die Verbindung zu dir selbst gestärkt hast? Schreib mir gerne eine Nachricht auf meinen privaten Instagram-Account *@juliamariebeckert* und erzähl mir, was sich bereits bei dir getan hat!

WAS KÖNNTEST DU NOCH TUN, UM DIR SELBST MEHR SELBSTLIEBE ZU SCHENKEN? ÜBERLEGE DIR HEUTE MINDESTENS EINE KONKRETE MASSNAHME, DIE DU DIE NÄCHSTEN TAGE ANGEHEN MÖCHTEST.

# EIN NEUER TAG BEGINNT!

DAFÜR BIN ICH DANKBAR:

DARAUF LEGE ICH HEUTE DEN FOKUS:

DAS SCHÄTZE ICH AN MIR:

MEINE INTENTION FÜR DIESEN TAG:

DARAN MÖCHTE ICH MICH ERINNERN:

# Wochenende

## LIEBESBRIEF AN DICH SELBST

Ich bin mit dem Satz: *„Man lobt sich nicht selbst"*, aufgewachsen. Doch wer ist dieser *"Man"*? Und was passiert denn, wenn ich es doch mache? Ich verrate dir etwas: Wenn du es doch machst, wächst deine Selbstliebe und du erkennst, was für ein Wunder du bist. Du darfst dich selbst lieben, loben und feiern so viel und so oft wie du möchtest. Das macht dich weder eingebildet noch arrogant. Dir selbst zu sagen, dass du dich liebst, ist eines der größten Geschenke, das du dir machen kannst – und dir machen solltest!

Musst du dafür etwas Besonderes geleistet haben? Nein! Du bist liebenswert und gut so wie du bist. Vielleicht liebst du an dir, wie du jeden Tag einfach weitermachst und dich nicht aufhalten lässt? Vielleicht würdigst du, wie du private oder berufliche Herausforderungen meisterst oder in Gesprächen andere Menschen behandelst. Vielleicht liebst du die Sommersprossen in deinem Gesicht und das Funkeln in deinen, Augen wenn du über Dinge sprichst, die du von Herzen gerne tust. Es gibt so viel, was dich liebenswert macht, ohne dass du dafür etwas leisten oder irgendwelchen Idealen der Gesellschaft entsprechen musst! Um dich selbst zu lieben, musst du weder perfekt noch makellos sein. Gerade deine ganz persönlichen Eigenschaften, deine Ecken und Kanten, sind es, die dich zu einem wundervollen, besonderen Menschen machen.

NIMM DIR DIESES WOCHENENDE ZEIT, UM DIR SELBST EIN PAAR LIEBEVOLLE ZEILEN ZU SCHREIBEN.

Oh ja, ich gebe dir die Erlaubnis, dich mal richtig selbst zu loben und all die großartigen Dinge zu würdigen, die dich so wunderbar liebenswert machen! Schreibe dir deinen ganz persönlichen Liebesbrief. Erlaube dir auch, an der ein oder anderen Stelle zu übertreiben und sei dein größter Fan! Wir spielen uns im Alltag häufig herunter oder machen uns kleiner als wir sind. Da ist es doch nur fair, wenn du dieses Mal etwas aufdrehst und dich selbst so richtig groß machst – oder? Du kannst für deinen Liebesbrief an dich selbst dieses Buch nutzen oder dafür zum Beispiel schönes Briefpapier verwenden und den Brief an einem besonderen Ort für dich aufbewahren. Ich wünsche dir eine wundervolle Zeit mit dir selbst.

# EINE WOCHE VOLLER GLÜCK

DAFÜR BIN ICH DIESE WOCHE DANKBAR:

MEINE GLÜCKLICHSTEN MOMENTE DIESE WOCHE:

DAS HABE ICH DIESE WOCHE GELERNT:

DAS MACHE ICH IN ZUKUNFT ANDERS:

WENN ICH HÖRE, HÖRE ICH LIEBE. WENN ICH SEHE, SEHE ICH LIEBE. WENN ICH SPRECHE UND SCHMECKE, IST DAS LIEBE. WENN ICH FÜHLE, DANN FÜHLE ICH LIEBE. ICH BIN BEDINGUNGSLOSE LIEBE.

# *Wer bin ich?*

Anfang 2019 habe ich mein Leben einmal komplett auf den Kopf gestellt und es gewagt, von Null neu zu starten. Ich habe fast meinen ganzen Besitz verkauft, meine langjährige Beziehung beendet, den Job gekündigt, auf den ich zuvor sieben Jahre lang hingearbeitet hatte, und mein komplettes Umfeld zurückgelassen. Und dann stand ich da am Münchner Flughafen. In der einen Hand die Yogamatte, auf dem Rücken meinen schweren, grünen Backpack, vorne den Rucksack mit Kamera, Laptop und dem Reisepass, dessen Seiten ich nun füllen wollte. Ich verabschiedete mich auf unbestimmte Zeit von meinen Eltern. Ein letzter Blick zurück und schon passierte ich die Sicherheitskontrolle, hinter der sich so viele Abenteuer und ein unendliches Meer an Möglichkeiten verbargen. Bali stand als erstes Reiseziel fest, danach wollte ich mich treiben lassen und einfach sehen, wohin meine Intuition mich führen würde.



Doch wie kommt jemand darauf, sein komplettes Leben aufzugeben und alles, wofür er gearbeitet hat, zurückzulassen? Viele Menschen machen diesen Schritt, nachdem sie einen schweren Schlag oder einen tiefen Einschnitt in ihrem Leben erfahren mussten. Es sind diese schicksalhaften Momente, in denen wir spüren wie wertvoll das Leben ist. So sicher diese Erkenntnis ist, so schnell wirft solch eine Phase auch die nächste Frage auf: *Wer bin ich?*

Wenn du die Frage nach deinem *Wer bin ich?* aufrichtig beantworten möchtest, dann steht dir eine aufwühlende Zeit bevor. Denn auf die Suche nach deinem wahren, authentischen *Ich* zu gehen, erfordert von dir, mit jeglicher Form der Selbstverarsche Schluss zu machen. Es bedeutet, ganz ehrlich auf dich, dein Leben und alles, was dazugehört, zu blicken. Die Frage nach deinem *Ich* lässt keinen Raum für Oberflächlichkeit. Diese Frage erfordert die Bereitschaft, in die Tiefe zu gehen und von der Selbstentfremdung in die Selbsterkenntnis zu kommen. Im normalen Alltagstrott gefangen, leben wir häufig in der Außenwelt. Die Suche nach uns selbst bringt uns jedoch in das Innen – und damit in die Verbindung mit uns selbst.

So groß die Frage: *Wer bin ich?* auch ist – sie wiegt so viel wie deine gesamte Zukunft, die noch vor dir liegt. Die Kunst liegt darin, sie mit Leichtigkeit zu beantworten.

Dr. Ha Vinh Tho schreibt in seinem Buch *„Der Glücksstandard"*, dass die primäre Ursache des Leidens die Entfremdung von uns selbst ist.[41] Entfremdung lässt sich jedoch kaum vermeiden: Wir werden seit unserer Kindheit von außen beeinflusst, nehmen Rollen ein, übernehmen die verschiedensten Glaubenssätze von unseren Eltern, werden von unserem Umfeld und unseren Beziehungen geprägt und verfolgen irgendwann Ideale und Ziele, die unsere Gesellschaft uns Tag für Tag einflüstert. Kein Wunder, dass wir ganz automatisch immer weiter von unserem wahren Kern wegwandern und irgendwann feststellen, dass wir nicht immer unserer Wahrheit folgen. Wir stecken uns in Schubladen, wir machen es anderen Menschen recht und vergessen uns dabei selbst. Wir streben Karrieren an, weil wir es uns oder der Familie beweisen wollen, und wir leben unser Leben nach den Idealen anderer Menschen. Ecken und Kanten haben? Aus der Norm ausbrechen? Alle Facetten unserer Persönlichkeit frei ausleben? Wo kämen wir denn da hin! Genau diese Diskrepanz zwischen unserem wahren Selbst und den Rollen, in die wir schlüpfen, ist eine der mächtigsten Ursachen für Unzufriedenheit, Erschöpfung und Unglück.

Es ist nicht leicht, herauszufinden, wer wir wirklich sind. Das erfordert nämlich nicht nur die Sonnen-, sondern auch die Schattenseiten unserer Persönlichkeit zu erforschen. Welche Werte, Bedürfnisse, Ziele, Stärken – aber auch: Welche Schwächen habe ich? Wo bin ich noch nicht aufrichtig mit mir selbst und welche Enttäuschungen trage ich mit mir herum? Welche Geschichten prägen mich und welches Vermächtnis möchte ich hinterlassen, wenn ich irgendwann gehe? Um diesen Fragen auf den Grund zu gehen, braucht es viel Zeit – oder jemanden, der dir dabei hilft, auch die unbewussten Teile deiner Persönlichkeit zu entdecken. Ich habe auf eigene Faust mehrere Jahre dafür gebraucht. In meinem Kurs *„Der Mut, glücklich zu leben"* schaffen das meine Teilnehmerinnen in acht Wochen. Die Konsequenzen, die sie aus ihrer Selbsterkenntnis ziehen, sind für viele Menschen aufrüttelnd – weil sie im Kern so richtig und bedeutsam sind: Sie kündigen den Job oder wechseln ihre Position, sie ziehen um, machen die Reise, auf die sie schon so lange gewartet haben. Sie kleiden sich plötzlich so, wie sie es schön finden. Sie lernen mit einem guten Gefühl *„Nein"* zu anderen zu sagen und mit einem Lächeln *„Ja"* zu sich selbst. Sie sind glücklicher, fühlen mehr Leichtigkeit, freuen sich auf jeden neuen Tag und haben mehr Energie für die Dinge, die ihnen wirklich, wirklich wichtig sind. Es ist nicht in Worte zu fassen, wie es sich anfühlt, endlich seine Wahrheit zu leben und vor lauter Glück zu strahlen.

Ich habe diese Erfahrung selbst gemacht. Meine Vision ist es seitdem, Menschen auf diesem Weg zu begleiten, denn um sich die wohl wichtigste Frage, die es gibt, zu stellen, dürfen wir nicht warten, bis uns ein Schicksalsschlag wachrüttelt. Wenn mehr Menschen den Mut aufbringen und sich auf die Reise machen würden, dann würden noch viel mehr Menschen fragen: *„Wo kämen wir denn da hin, wenn jetzt jeder sein eigenes Ding machen würde!"* Ich sage dir, wohin wir kämen: In eine Welt, in der Menschen sehr begeistert durchs Leben gehen, sich mitfühlend zuhören, sich gegenseitig ermutigen und: glücklicher sind. Ganz ehrlich: Genau dort will ich hin! Genau dafür habe ich dieses Buch geschrieben. Je eher wir uns mit der Frage auseinandersetzen, wer wir eigentlich sein wollen, desto schneller führen wir genau das Leben, das wirklich für uns bestimmt ist. Was könnte es Schöneres geben?

Diese Woche wirst du eine spannende Reise beginnen. Wir starten mit einem kleinen Ausflug zu deinem wahren Ich. Natürlich gibt es auch nach dieser Woche noch so viel zu entdecken, doch das würde den Rahmen dieses Buches bei Weitem sprengen – und dieser erste Schritt wird bereits so wertvoll für dich werden!

Bist du bereit, dich selbst neu zu entdecken?

NOTIZEN

NOTIZEN

# Kindheitserinnerungen

*„Wenn ich groß bin, will ich mal Sängerin werden!"*, habe ich als Kind gesagt und *„99 Luftballons"* in ein selbstgebasteltes Mikrofon geträllert. Mit rot gefärbten Haaren und Stirnband auf dem Kopf. Über 20 Jahre später habe ich zwar einen anderen Beruf gewählt, aber die Musik habe ich zurück in mein Leben geholt und sie in den Lagerfeuernächten auf meinen Retreats wiederbelebt.

WAS WOLLTEST DU FRÜHER IMMER WERDEN? WAS IST AUS DIESEM TRAUM GEWORDEN? GIBT ES DINGE, DIE DU IN DEINER KINDHEIT GELIEBT HAST, DIE DU AUCH HEUTE WIEDER IN DEIN LEBEN INTEGRIEREN KANNST?



QR-CODE: AUF BALI AN EINEM VERSTECKTEN WASSERFALL, MEINEM LIEBLINGSPLATZ, HABE ICH NACH NUR WENIGEN VERSUCHEN AN DER GITARRE EIN EIGENES LIED GESCHRIEBEN. HÖR DOCH MAL REIN UND SPÜRE, WAS DAS LIED UND DER TEXT MIT DIR MACHEN.

# EIN NEUER TAG BEGINNT!

DAFÜR BIN ICH DANKBAR:

DARAUF LEGE ICH HEUTE DEN FOKUS:

DAS SCHÄTZE ICH AN MIR:

MEINE INTENTION FÜR DIESEN TAG:

DARAN MÖCHTE ICH MICH ERINNERN:

# Zeit vergessen

Bei welcher Aufgabe bist du so richtig im Flow? Im Flow sind wir, wenn wir mit einer Sache eins werden. Mit ihr verschmelzen und dabei Zeit und Raum vergessen – wie ein Kind, das stundenlang spielen kann, oder wie ein Sportler, der beim Training komplett mit seinem Sport verbunden ist. Bei welcher Aufgabe bist du so richtig im Flow? Was macht dir so viel Spaß, dass du dich stundenlang darin verlieren kannst, weil du gar nicht merkst, wie die Zeit vergeht? Wenn wir im Flow sind und etwas geschafft haben, empfinden wir Glück. Sei es bei einem Hobby, beim Sport oder bei einer Idee, aus der wir beispielsweise unsere eigene Karriere oder ein Unternehmen machen.

ÜBERLEGE DIR HEUTE, WOBEI DU SO RICHTIG IM FLOW BIST, UND WELCHER TÄTIGKEIT DU WIEDER ÖFTER NACHGEHEN MÖCHTEST.

# EIN NEUER TAG BEGINNT!

DAFÜR BIN ICH DANKBAR:

DARAUF LEGE ICH HEUTE DEN FOKUS:

DAS SCHÄTZE ICH AN MIR:

MEINE INTENTION FÜR DIESEN TAG:

DARAN MÖCHTE ICH MICH ERINNERN:

# Auf den ersten Blick

Stell dir mal vor, du könntest dich einmal aus den Augen eines wohlgesonnenen Fremden beobachten, der dich auf der Straße trifft und das erste Mal sieht. Versetze dich in diese Person hinein und betrachte dich einmal aus seinen oder ihren Augen. Was würde dieser Person direkt auffallen, was sie an dir mag? Welche Charaktereigenschaften würde dir dieser Mensch vermutlich nachsagen, was würde er durch deine Kleidung, Körperhaltung und Mimik über dich schlussfolgern und was würde ihm oder ihr positiv in Erinnerung bleiben? Welches Gefühl hätte diese Person wohl, während sie dich beobachtet?

BETRACHTE DICH HEUTE AUS DEN AUGEN EINES FREMDEN UND NOTIERE DIR MINDESTENS DREI DINGE, DIE DIESER PERSON VERMUTLICH AUFFALLEN WÜRDEN.

# EIN NEUER TAG BEGINNT!

DAFÜR BIN ICH DANKBAR:

DARAUF LEGE ICH HEUTE DEN FOKUS:

DAS SCHÄTZE ICH AN MIR:

MEINE INTENTION FÜR DIESEN TAG:

DARAN MÖCHTE ICH MICH ERINNERN:

# Was ist mir wichtig

Die Frage nach unseren Werten ist so tiefgründig und emotional, dass ich sie als zu groß für ein Journal erachte. Ich habe schon häufig erlebt, dass gerade die unbewussten Werte ganz schön viel aufwirbeln können. Doch trotzdem möchte ich dir heute wenigstens den Impuls geben, nach deinen bewussten Werten zu suchen. Was ist allgemein wichtig in deinem Leben? Worauf legst du Wert? Was sind deine Lebensregeln, die du selbst befolgst, und welche sind die Regeln, die andere deiner Meinung nach beachten sollten?

FINDE DIE FÜNF WICHTIGSTEN PRINZIPIEN, DIE DEIN VERHALTEN BESTIMMEN, UND AN DENEN DU DICH UND ANDERE MISST. DAS KÖNNTEN ZUM BEISPIEL LIEBE, FREIHEIT, ERFOLG, SELBSTLIEBE UND EHRLICHKEIT SEIN.

# EIN NEUER TAG BEGINNT!

DAFÜR BIN ICH DANKBAR:

DARAUF LEGE ICH HEUTE DEN FOKUS:

DAS SCHÄTZE ICH AN MIR:

MEINE INTENTION FÜR DIESEN TAG:

DARAN MÖCHTE ICH MICH ERINNERN:

# Einfach typisch!

WELCHE CHARAKTEREIGENSCHAFTEN MACHEN DICH BESONDERS UND EINZIGARTIG?

Was unterscheidet dich vielleicht von anderen Menschen und wo mussten in der Vergangenheit auch mal andere Menschen schmunzeln, weil das, was du getan oder gesagt hast, einfach so *typisch du* warst? Welche Aspekte deiner Persönlichkeit machen dich zu der wundervollen Person, die du bist? Übrigens: Das dürfen auch Ecken und Kanten sein, denn niemand ist einfach nur perfekt. Und das ist vollkommen okay.

# EIN NEUER TAG BEGINNT!

DAFÜR BIN ICH DANKBAR:

DARAUF LEGE ICH HEUTE DEN FOKUS:

DAS SCHÄTZE ICH AN MIR:

MEINE INTENTION FÜR DIESEN TAG:

DARAN MÖCHTE ICH MICH ERINNERN:

# *Wochenende*

## WER BIN ICH?

Heute teile ich eine oft sehr emotionale und schöne Übung aus meinem Mentoring *„Der Mut, glücklich zu leben"* mit dir. Diese Übung ist einfach und gleichzeitig sehr kraftvoll und hat viele meiner Teilnehmerinnen immer wieder zu Tränen gerührt. Sicherlich hast du dir die letzten Tage schon einige Gedanken darüber gemacht, wer du bist und was dich persönlich ausmacht. Doch was würden andere über dich sagen? Wie würden dich deine besten Freunde, deine Kollegen oder andere dir wohlgesonnene Menschen beschreiben? Am besten findest du das heraus, indem du dieses Wochenende ein, zwei, drei Personen aus deinem näheren Umfeld bittest, dich aus ihrer Wahrnehmung zu beschreiben. Höre einfach hin, sei neugierig, frag nach und nimm das Gesagte an, ohne dich kleinzureden, zu widersprechen, dich zu erklären oder dagegen anzuhalten. Lass die Worte einfach auf dich wirken und bedanke dich.

Ich weiß aus meinem Kurs, dass es für einige sehr viel Mut erfordert, auf andere Menschen zuzugehen und diese Frage zu stellen. Und doch kann ich dich nur dazu ermutigen. Die Belohnung, die am Ende auf dich wartet, ist jedes Kribbeln und jede Nervosität wert. Denn du bekommst im besten Fall Seiten von dir aufgezeigt, die dir selbst nicht bewusst waren, und kannst dein Selbstbild mit dem Fremdbild deiner Mitmenschen anreichern. Ob du das Gesagte am Ende annimmst oder nicht, bleibt natürlich dir selbst überlassen. Doch höre erst einmal hin, lass die Worte wirken und erlaube dir, die Dinge, die dir guttun, mit Dankbarkeit und einem Lächeln anzunehmen.

Als kleine Hilfestellung sind hier noch ein paar Beispielfragen, die du deinen Auserwählten stellen kannst. Nutze den Platz in diesem Buch, um dir Notizen zu machen!

WAS SIND AUS DEINER SICHT MEINE STÄRKEN?

WARUM BIST DU MIT MIR BEFREUNDET?

WAS MACHT MICH AUS DEINER SICHT ZU EINER GUTEN KOLLEGIN?

WAS IST AN MIR BESONDERS LIEBENSWERT UND EINZIGARTIG?

WIE WÜRDEST DU MICH BESCHREIBEN?

WAS BEWUNDERST DU AN MIR?

WIE WÜRDEST DU AUF DIE FRAGE „WER IST (DEIN NAME)“ ANTWORTEN?

IN WELCHER SITUATION WÜRDEST DU MICH UM RAT BITTEN?

WOFÜR MÖCHTEST DU MIR DANKE SAGEN?

NOTIZEN

# EINE WOCHE VOLLER GLÜCK

DAFÜR BIN ICH DIESE WOCHE DANKBAR:

MEINE GLÜCKLICHSTEN MOMENTE DIESE WOCHE:

DAS HABE ICH DIESE WOCHE GELERNT:

DAS MACHE ICH IN ZUKUNFT ANDERS:

ES SIND DIESE SCHICKSALHAFTEN
MOMENTE, IN DENEN WIR SPÜREN,
WIE WERTVOLL DAS LEBEN IST.

# *Wer will ich sein?*

Ich hatte es also getan: Mich dazu entschieden, mein bisheriges Leben hinter mir zu lassen und mein Glück in der Welt zu suchen. Erster Stopp: Bali!

Ich war am Gate, spürte das kühle Kunstleder des grauen Stuhls unter mir und beobachtete das Treiben. Leute hetzten zu ihren Flügen, andere schliefen oder überbrückten mit gesenktem Kopf – den Blick aufs Handy gerichtet – die Wartezeit bis zu ihrem Flug. Ein Kind weinte, ein Geschäftsmann führte am Telefon noch ein Meeting vor der Abreise und ein Pärchen hielt aufgeregt Händchen und tauschte vorfreudige Blicke aus. Und dazwischen saß ich: die Yogamatte zu meiner Linken, den Rucksack zu meiner Rechten. Im Kopf so viel Lärm und Aufregung und gleichzeitig eine Leere, die mich zutiefst aufwühlte.



Damals fühlte es sich an, als hätte ich ein weißes Blatt Papier vor mir, das ich von nun an mit meiner Geschichte neu beschreiben durfte. Eine Freundin hatte mir zum Abschied eine Karte geschenkt, auf der etwas stand wie: *„Mit vollen Händen kannst du nicht greifen."* Und genau das war es. Ich ließ alles los, um mir mein Leben Stück für Stück neu aufzubauen. Genau so, wie ich es wollte. Wahrscheinlich sieht deine Situation gerade weniger dramatisch aus und du wirst nach ein paar Kapiteln nicht plötzlich einen kompletten Neuanfang wagen. Das ist auch gar nicht nötig. Vielleicht lebst du schon ziemlich nah an deiner Vorstellung von deinem Wunschleben. Doch egal, wo du gerade stehst: Nach einer so intensiven Zeit, wie du sie in den letzten Wochen bereits durchleben durftest, hast du sicherlich den ein oder anderen Aspekt entdeckt, den du verändern möchtest! Vielleicht hat dir vor allem die letzte Woche gezeigt, dass du noch nicht ganz da bist, wo du eigentlich hinmöchtest. Stell dir vor, vor dir hinge eine weiße Leinwand, auf der du dein Traumleben genau nach deinen Wünschen und Vorstellungen malen könntest. Wie würdest du die Leinwand gestalten? Wie sieht das Bild aus, das genau dir und deiner Vorstellung entspricht?

Stell dir vor, wie du die Farben wählst, die Materialien, Techniken und Hilfsmittel bestimmst, die genau die richtigen sind für die Vollendung deines Gemäldes! Würdest du nicht genau zu den Mitteln greifen, die dich glücklich machen? Vielleicht hast du dir im Außen schon viel aufgebaut: Einen tollen Job, eine Beziehung, die dich erfüllt. Möglicherweise sind andere Lebensbereiche bei dir sehr ausgewogen und du bist insgesamt zufrieden. Doch wie sieht es im Innen aus? Wie sehr erfüllt dich das, was du täglich tust? Hast du eine Vision, für die du brennst, oder bist du im Hamsterrad gefangen und stehst jeden Morgen auf, weil du es musst? Feierst du deine Arbeit oder quälst du dich Stunde um Stunde dem Wochenende entgegen, nur um nach zwei viel zu kurzen Tagen frustriert und niedergeschlagen auf den ersten Arbeitstag der neuen Woche zu blicken? Woche für Woche, wieder und wieder? Uff!

Stell dir vor, du könntest dir dein Leben genau so aufbauen, dass die Lebensqualität in allen Bereichen steigt. Ja sogar dort, wo du gerade noch nicht erfüllt bist. Blättere dazu gerne nochmal auf Seite 68 zurück und wirf einen Blick auf dein *Rad des Glücks*. Was würdest du verändern? Stell dir vor, du würdest an dich glauben, hättest grenzenloses Selbstvertrauen, wärst mutig und es gäbe keine faulen Kompromisse mehr in deinem Leben: Wie würde dieses Bild von dir aussehen?

In meiner Ausbildung zum Personal Coach habe ich gelernt, dass es gar nicht wirklich Glück ist, was wir Menschen suchen, sondern dass Sinn viel wichtiger ist. Es ist also gar nicht nur das Einfache und Bequeme, das wir wollen! Sinn steht über der Suche nach dem Glück. Dabei geht es nicht um die Befriedigung eigener Bedürfnisse, sondern darum, etwas zu hinterlassen, zur Gemeinschaft beizutragen oder etwas zu leisten, das uns und unserem Leben eine Bedeutung gibt.[42] Denke doch mal an frischgebackene Eltern, die ganz natürlich ihre Aufmerksamkeit auf die neue Aufgabe lenken, die ihnen ihr Baby gibt. Mit der Geburt des Kindes ordnet sich alles neu und plötzlich ist da etwas, das wichtiger ist als das eigene Glück. Und trotz der schlaflosen Nächte, der Trotzanfälle und Sorgen würden vermutlich die meisten Eltern lieber ihre Entbehrungen in Kauf nehmen als mit kinderlosen Erwachsenen tauschen zu wollen.

Während ich dieses Buch schreibe, bin ich 30 Jahre jung und habe keine Kinder. Trotzdem könnte mein Leben kaum mehr von Sinn erfüllt sein. Seit ich mein Wissen durch meine Kurse, Coachings, das Glücksperiment und andere Aspekte meiner Arbeit weitergebe, habe ich so viel Lebenssinn gefunden, dass ich in den meisten Momenten einfach glücklich bin. Trotzdem stelle ich mir auch heute regelmäßig die Frage, ob das Leben, das ich mir gerade aufbaue, noch mir und meiner Vorstellung entspricht. Ich reflektiere häufig. Hinterfrage, forsche, schaue hin. Welche Lebensbereiche brauchen gerade Aufmerksamkeit? Wo darf noch etwas Farbe auf die Leinwand meines Lebens? Was möchte ich erleben, das mir am Herzen liegt? Wie gehe ich mit mir selbst um? Welche Gewohnheiten möchte ich verändern und was darf ich noch lernen? Wir bleiben niemals stehen und können uns immer wieder neu entscheiden, wer wir sein wollen. Keinen Weg gehen wir für immer, wenn wir das nicht wollen und den Mut haben, die Richtung zu ändern. Wir haben die Wahl, eine neue Leinwand herauszuholen oder gar ein altes Bild zu übermalen. Dabei geht es nicht darum, dass wir mit dem, was wir tun, die Welt verändern. Es geht darum, dass wir authentisch unseren Weg gehen, auf unser Herz hören und Entscheidungen so treffen, dass unsere Lebensqualität steigt.



Sind wir selbst glücklich und erfüllt, wirkt sich das nicht nur auf uns, sondern auch auf die Menschen in unserem Umfeld aus. Und dafür lohnt es sich doch schon, glücklich zu sein. Oder?

NOTIZEN

# Grenzen setzen

Du selbst zu sein bedeutet, dass du auch mal ganz ehrlich *„Nein"* sagen darfst. Denn nur so kannst du authentisch sein und in deine volle Kraft kommen. Egal, ob in der Arbeit, im Privatleben oder in deiner Partnerschaft.

Oft fällt es uns schwer, zu dem zu stehen, was wir eigentlich wollen, und unserem Gegenüber auch mal Kontra zu geben und Grenzen zu setzen. Wer kennt das nicht? Wir versumpfen zum Beispiel in einem Berg aus Arbeit und dann kommt der Kollege mit einer weiteren Aufgabe. Anstatt einfach mal *„Nein!"* zu sagen, nehmen wir die Arbeit an und ärgern uns später: Warum waren wir nicht einfach mal etwas mutiger!

Lass uns heute gemeinsam ein Experiment starten, mit dem du üben kannst, deine eigenen Grenzen zu setzen.

SAG GANZ BEWUSST „NEIN",
WENN SICH ETWAS NICHT RICHTIG ANFÜHLT.

Beobachte ganz genau, was dabei passiert. Zeigen sich deine Mitmenschen verärgert? Sind sie verwundert über deine Reaktion oder haben sie vielleicht sogar Verständnis? Probier es mal aus und genieße das Gefühl, für dich und deine Bedürfnisse einzustehen. Denn ein *„Nein"* zu anderen bedeutet meist ein *„Ja"* zu dir selbst.

# EIN NEUER TAG BEGINNT!

DAFÜR BIN ICH DANKBAR:

DARAUF LEGE ICH HEUTE DEN FOKUS:

DAS SCHÄTZE ICH AN MIR:

MEINE INTENTION FÜR DIESEN TAG:

DARAN MÖCHTE ICH MICH ERINNERN:

# Ein guter Wunsch

Stell dir mal vor, es gäbe da eine Person, die völlig selbstlos und wohlwollend nur das Beste für dich will. Eine Person, die dich schon lange beobachtet, die weiß, was in dir steckt und was dich besonders macht, und die dich in deiner ganzen Vielfalt erkennt. Sie weiß um deine versteckten Träume und Wünsche, weiß wonach du dich sehnst, und sie kennt auch die Umstände, die gerade dein Leben prägen. Sie weiß genau Bescheid über deine Beziehung, deinen Job, deinen Umgang mit Geld und sie weiß, wie du dich selbst behandelst, wo du dich noch verstellst oder tust, was dir nicht guttut. Diese Person hat keine Begrenzungen oder Limitierungen im Kopf, sondern kann grenzenlos denken und dabei Möglichkeiten erkennen, die zu deinem absolut Besten sind und dich glücklich machen.

WENN DIESE PERSON DIR EINE SACHE IN BEZUG AUF DEIN GLÜCKLICHES LEBEN WÜNSCHEN WÜRDE, WELCHE WÄRE DAS?

# EIN NEUER TAG BEGINNT!

DAFÜR BIN ICH DANKBAR:

DARAUF LEGE ICH HEUTE DEN FOKUS:

DAS SCHÄTZE ICH AN MIR:

MEINE INTENTION FÜR DIESEN TAG:

DARAN MÖCHTE ICH MICH ERINNERN:

# Umgang mit dir selbst

Weißt du eigentlich, wie wichtig der innere Dialog ist, den du täglich mit dir führst? Wie sprichst du mit dir, wenn du eine Tasse Tee umstößt, wenn du dich verspätest oder du vor einer Aufgabe stehst, die du nicht allein lösen kannst?

Du solltest mit dir so sanft und liebevoll reden wie mit einem Kind oder einer guten Freundin, denn der Umgang mit dir selbst wirkt sich spürbar auf dein Glücksgefühl aus.

BEOBACHTE DICH EINEN TAG LANG UND FÜHRE EINE STRICHLISTE: WIE OFT KRITISIERST DU DICH SELBST?

Dein Ziel sollten so wenige Striche wie möglich sein. Du wirst sehen, wie sich dein Selbstwertgefühl und deine Laune erheblich verbessern, wenn du selbst nicht so streng mit dir bist.

# EIN NEUER TAG BEGINNT!

DAFÜR BIN ICH DANKBAR:

DARAUF LEGE ICH HEUTE DEN FOKUS:

DAS SCHÄTZE ICH AN MIR:

MEINE INTENTION FÜR DIESEN TAG:

DARAN MÖCHTE ICH MICH ERINNERN:

# Ideale Woche

Hast du dir schon mal überlegt, dass alles, was du heute tust, Auswirkungen auf dein Leben in ein paar Jahren haben wird? Heute erschaffst du das Fundament für dein Morgen! Falls das gerade in dir Druck auslöst, kann ich dich beruhigen: Ich möchte dir zeigen, dass du heute die Chance hast, das Fundament für dein Traumleben zu legen.

Wenn wir wissen, wohin wir wollen, können wir bereits jetzt den ersten Schritt gehen. Was wäre das Best-Case-Szenario, das dich glücklich macht?

SCHREIBE DIR HEUTE DIE PERFEKTE WOCHE DEINES ZUKUNFTS-ICHS AUF!

# EIN NEUER TAG BEGINNT!

DAFÜR BIN ICH DANKBAR:

DARAUF LEGE ICH HEUTE DEN FOKUS:

DAS SCHÄTZE ICH AN MIR:

MEINE INTENTION FÜR DIESEN TAG:

DARAN MÖCHTE ICH MICH ERINNERN:

# Hinterlassenschaften

Die wohl intensivste und eine der lebensverändernsten Übungen in meinem Kurs *„Der Mut, glücklich zu leben"* beschäftigt sich mit deinem persönlichen Vermächtnis. Was möchtest du hinterlassen, wenn du gehst? Was sollen andere über dich sagen? Was machst du, was größer ist als du selbst? Auf diese und weitere Fragen finden wir im Kurs Antworten, die uns im Alltag nie einfallen würden. Ganz so tief gehen wir heute nicht, denn um diese Fragen zu beantworten, braucht es einiges an Vorarbeit. Doch du kannst dich heute schon mal fragen, was du in der Welt für andere tun möchtest. Was ist dein Geschenk für die Welt? Was kannst du im Kleinen und vielleicht auch im Großen zurückgeben?

WIE KANNST DU MIT DEINEM DASEIN DIE WELT VERBESSERN?

# EIN NEUER TAG BEGINNT!

DAFÜR BIN ICH DANKBAR:

DARAUF LEGE ICH HEUTE DEN FOKUS:

DAS SCHÄTZE ICH AN MIR:

MEINE INTENTION FÜR DIESEN TAG:

DARAN MÖCHTE ICH MICH ERINNERN:

# Wochenende

## GEBURTSTAGSREDE

Wahnsinn, wie die Zeit vergeht. Plötzlich bist du 100 Jahre alt, gesund und munter und blickst auf dein bedeutsames Leben zurück. Deine liebsten Menschen sind zu deiner Geburtstagsfeier gekommen, haben sich herausgeputzt und es sind schon einige Reden gehalten worden, die die Errungenschaften deines Lebens würdigen.

Nun ist es Zeit, dass auch du ein paar Worte sagst. Die feiernden Gäste warten ganz gespannt darauf, zu erfahren, was die schönsten Momente deines bisherigen Lebens waren. Sie möchten wissen, worauf du stolz bist, wer dich auf deinem Weg begleitet hat und wo du wirklich etwas geschafft hast, das dich mit Sinn und Freude erfüllt. Sie hoffen auch, die ein oder andere Weisheit von dir zu hören: wie du mit dir selbst umgegangen bist, was dein Geheimnis für dein glückliches Leben ist und was du deinem jüngeren Ich raten würdest. Bist du bereit? In wenigen Momenten wirst du aufstehen, mit einem *„Kling, kling, kling"* und erhobenem Glas für Stille sorgen, um eine ganz besondere Rede zu halten.

NIMM DIR JETZT DIE ZEIT, DIE REDE DEINES LEBENS AUSZUFORMULIEREN UND TRAU DICH, DABEI GROSS ZU DENKEN. MALE DEIN LEBEN SO AUS, WIE DU ES DIR WÜNSCHST... ÄH: WIE DU ES GELEBT HAST!

happy birthday

# EINE WOCHE VOLLER GLÜCK

DAFÜR BIN ICH DIESE WOCHE DANKBAR:

MEINE GLÜCKLICHSTEN MOMENTE DIESE WOCHE:

DAS HABE ICH DIESE WOCHE GELERNT:

DAS MACHE ICH IN ZUKUNFT ANDERS:

ERINNERE DICH AN
EINEN MOMENT,
IN DEM DU DEINEN
ERWARTUNGEN NICHT
GERECHT GEWORDEN
BIST – UND VERGIB DIR.

# Bremsen lösen

Zu Beginn dieses Buches habe ich dir bereits von den Glücksblockern erzählt, die uns daran hindern, glücklich unser volles Potential auszuleben. Natürlich können wir ohne Weiteres den Fokus auf die Dankbarkeit richten und unser Denken zu einem Positiveren verändern. Ja, damit können wir schon viel erreichen und unser Leben auf ein ganz neues Glücksniveau heben.

Doch was, wenn es da noch mehr gibt? Was, wenn es nach Achtsamkeit und Präsenz noch viel weiter ginge? Es macht einen Unterschied, ob du mit angezogener Handbremse fährst oder ob du die Bremse löst und mit Schwung und Leichtigkeit vorankommst! Doch um diese Handbremse zu lösen, müssen wir manchmal etwas tüfteln. Denn oft wissen wir gar nicht so genau, was uns im Leben ausbremst und zurückhält.



Stell dir vor, du könntest deine Handbremse lösen! Was wäre, wenn du genau wüsstest, was dich bremst? Vielleicht braucht es eine Person von außen, einen Coach oder eine andere Vertrauensperson, die sich mit dir gemeinsam auf die Suche macht. Wie ein Automechaniker, der dank seiner jahrelangen Erfahrung schon beim Anlassen des Motors hört, wo ein Problem sein könnte und der immer eine Idee hat, wie man mit den richtigen Handgriffen, den Motor zum Laufen bringt.

Ob du allein oder mit Unterstützung aufbrichst: Die Reise lohnt sich. Denn, sobald du deine Handbremse gefunden hast, kannst du sie auch lösen – und durchstarten! Typische Handbremsen, die ich mit meinen Klienten oft bespreche, sind zum Beispiel Geschichten der Vergangenheit, die uns wie ein zäher Kaugummi am Reifen kleben. Weitere Handbremsen sind die Ängste, die uns davon abhalten, richtig Gas zu geben, oder der Gedanke daran, allein im Auto zu sitzen, sodass wir gar nicht losfahren wollen. Einige meiner Klienten zweifeln vor der Zusammenarbeit noch an sich und erlauben sich gar nicht, ihre Wünsche und Ziele zu erreichen, weil sie denken, sie hätten es nicht verdient, glücklich und erfüllt zu leben. Wie eine Blockade hindern diese Zweifel sie daran, Fahrt aufzunehmen und im Leben voranzukommen. Es gibt kaum etwas Heilsameres, als diese Bremsen zu lösen, wie das Beispiel von Maike dir gleich zeigen wird.

Maike ist eine ehemalige Teilnehmerin aus meinem Kurs *„Der Mut, glücklich zu leben"*, deren Geschichte mich sehr berührt hat. Ich habe sie gebeten, ihre Erfahrungen mit dir zu teilen, damit du siehst, was möglich ist, wenn du deine individuellen *"Glücksblocker"* löst.

SCANNE DEN QR-CODE UND ERFAHRE, WAS SICH DURCH DAS LÖSEN DER GLÜCKSBLOCKER BEI MAIKE GETAN HAT.

Hat dir Maikes Geschichte Mut gemacht und dich motiviert, auch deine Bremsen zu lösen? Stell dir mal vor, du könntest voller Vertrauen in dich selbst und andere Menschen deinen Weg gehen! Was würde sich ändern, wenn du den Mut hättest, zu tun, was dir wichtig ist? Wenn du dich trauen würdest, Hilfe anzunehmen und diesen Weg von nun an Hand in Hand mit den Menschen zu gehen, die sich auf einer ähnlichen Reise befinden oder das Ziel bereits erreicht haben?

In dieser Woche biete ich mich als dein *„Bremsenlöser"* an und helfe dir dabei, die Blockaden zu finden, die dich davon abhalten, in dein Leben voller Glück zu starten.

LOS GEHT'S!

NOTIZEN

NOTIZEN

# Anderen vergeben

Ich verstehe dich, wenn dich manche Themen einfach ärgern oder du Groll mit dir herumschleppst. Natürlich gibt es Dinge, die wir beim besten Willen nicht schönreden können und die unserem positiven Denken einfach entgegenstehen. Doch hast du dir schon mal überlegt, wie sich das auf dein persönliches Glücksempfinden auswirkt? Ärger schadet niemanden so sehr wie dir selbst und du brauchst dir nicht einreden, dass du damit dein Unglück umkehren kannst. Hier ist deine Alternative:

WEM MÖCHTEST DU HEUTE VERGEBEN? WAS WÜRDE SICH ÄNDERN, WENN DU DEN ÄRGER UND ANDERE NEGATIVE EMOTIONEN LOSLÄSST UND DICH FÜR DEINEN INNEREN FRIEDEN ENTSCHEIDEST?

# EIN NEUER TAG BEGINNT!

DAFÜR BIN ICH DANKBAR:

DARAUF LEGE ICH HEUTE DEN FOKUS:

DAS SCHÄTZE ICH AN MIR:

MEINE INTENTION FÜR DIESEN TAG:

DARAN MÖCHTE ICH MICH ERINNERN:

# Sich selbst vergeben

Achtung: Diese Übung könnte etwas emotional werden. Erinnere dich an einen Moment, in dem du deinen Erwartungen nicht gerecht geworden bist – und vergib dir.

Bitte hab Verständnis für dich und dass es Dinge gibt, die etwas Zeit zum Heilen brauchen oder eine intensivere Betreuung. Deshalb nimm heute ein leichtes Thema. Vielleicht gibt es eine Situation in deinem Leben, eine Entscheidung, eine verpasste Chance oder ein Gespräch, in dem du dich lieber anders verhalten hättest. Mach dir bewusst, dass du damals das Beste getan hast, was du konntest. Du hast in diesem Moment die beste dir zur Verfügung stehende Entscheidung getroffen. Wenn wir uns selbst vergeben wollen, hilft es, Mitgefühl für unser Handeln zu entwickeln.

Wähle eine Situation, die noch nicht so weit in der Vergangenheit liegt – und die emotional leicht zu verarbeiten ist. Welche positive Absicht verbarg sich hinter deinem Handeln? Wir alle machen Fehler. Das ist okay, denn das macht uns zu Menschen.

NUTZE DEN HEUTIGEN TAG, NACHSICHT WALTEN ZU LASSEN UND DICH SELBST MIT LIEBEVOLLEN AUGEN ZU BETRACHTEN.

Wie blickst du heute als ein Mensch, der dich kompromisslos unterstützt, auf diese Situation zurück?

# EIN NEUER TAG BEGINNT!

DAFÜR BIN ICH DANKBAR:

DARAUF LEGE ICH HEUTE DEN FOKUS:

DAS SCHÄTZE ICH AN MIR:

MEINE INTENTION FÜR DIESEN TAG:

DARAN MÖCHTE ICH MICH ERINNERN:

# Mutig leben

Lass uns mal ein kleines Gedankenspiel machen: Stell dir vor, du wärst voller Mut und Selbstvertrauen! Was wäre dann möglich? Stell dir vor, es gäbe nichts, was dich von deinen Träumen und Wünschen abhalten könnte: Was würdest du tun? Würdest du um die Welt reisen? Einen Neuanfang wagen? Jemand anderem sagen, dass du ihn oder sie liebst oder eine anstehende Aufgabe voller Leichtigkeit und Selbstvertrauen angehen?

LASS DEINEN IDEEN FREIEN LAUF!

# EIN NEUER TAG BEGINNT!

DAFÜR BIN ICH DANKBAR:

DARAUF LEGE ICH HEUTE DEN FOKUS:

DAS SCHÄTZE ICH AN MIR:

MEINE INTENTION FÜR DIESEN TAG:

DARAN MÖCHTE ICH MICH ERINNERN:

# Worauf bist du stolz?

Den Mut loszulegen, entwickelst du, indem du dir bewusst machst, was du schon alles geschafft hast! Mach doch mal eine Liste der Dinge, auf die du richtig stolz bist. Wann hast du deine Komfortzone verlassen, etwas Neues probiert oder eine Situation gemeistert, vor der du zunächst Angst hattest? Wenn du das schon mal geschafft hast, ist all das auch heute noch in dir und du kannst dich davon auch für zukünftige Vorhaben ermutigen lassen. Es kann sein, dass dir zunächst nichts einfallen will. Um warm zu werden, fange mit kleinen Dingen oder mit Momenten an, die dir selbstverständlich erscheinen.

NOTIERE MINDESTENS ZEHN SITUATIONEN, AUF DIE DU STOLZ BIST!

# EIN NEUER TAG BEGINNT!

DAFÜR BIN ICH DANKBAR:

DARAUF LEGE ICH HEUTE DEN FOKUS:

DAS SCHÄTZE ICH AN MIR:

MEINE INTENTION FÜR DIESEN TAG:

DARAN MÖCHTE ICH MICH ERINNERN:

# Wer könnte mir helfen?

Die mutigsten Schritte machen wir häufig, wenn wir nicht allein sind. Deshalb sind Freundschaften, Kollegen oder Mentoren, die dich auf deinem Weg begleiten, pures Gold wert. Überlege dir heute, wer dir zur Seite stehen kann. Wer würde dich auf dem Weg zu deinem glücklichen Leben unterstützen, an dich glauben und dir Mut machen, wenn du es selbst nicht schaffst?

NOTIERE FÜNF PERSONEN UND MACHE DIR NOTIZEN DAZU, WIE UND IN WELCHEN BEREICHEN DIR DIESE MENSCHEN HELFEN KÖNNEN!

# EIN NEUER TAG BEGINNT!

DAFÜR BIN ICH DANKBAR:

DARAUF LEGE ICH HEUTE DEN FOKUS:

DAS SCHÄTZE ICH AN MIR:

MEINE INTENTION FÜR DIESEN TAG:

DARAN MÖCHTE ICH MICH ERINNERN:

# Wochenende

## GLAUBENSSÄTZE WIDERLEGEN

Glaubenssätze sind Meinungen und Überzeugungen, die wir für wahr halten. Häufig entspringen sie Erlebnissen oder Erfahrungen aus der Kindheit oder wir haben sie von anderen Menschen übernommen. Glaubenssätze können uns Halt und Sicherheit geben, wie ein Geländer, an dem wir uns entlanghangeln. Doch leider gibt es auch Glaubenssätze, die uns davon abhalten, uns selbst zu vertrauen, oder die uns Schmerzen und Enttäuschungen erleben lassen. Häufig sind Glaubenssätze unbewusst und es ist gar nicht so einfach, sie überhaupt zu erkennen – sie sind für uns so selbstverständlich wahr, dass wir gar nicht auf die Idee kommen, sie in Frage zu stellen! Das ist erst mal nicht gut oder schlecht, sondern lediglich der Grund dafür, warum sich gewisse Situationen oder Dynamiken in deinem Leben immer wiederholen wie eine selbsterfüllende Prophezeiung![43] Die gute Nachricht: Es gibt unglaublich wirkungsvolle Techniken, Glaubenssätze nachhaltig zu verändern, sodass sie dich nicht länger einschränken. Eine einfache Übung, die du auch ohne meine Begleitung selbst durchführen kannst, möchte ich heute mit dir teilen.



Ich ernenne dich hiermit zu deinem persönlichen Privatdetektiv! Wie Sherlock Holmes in Höchstform darfst du dich heute auf die Suche nach deinen tiefsitzenden Überzeugungen begeben! Frag dich heute für jeden Lebensbereich in deinem Rad des Glücks, welche Überzeugungen dich schon sehr lange begleiten. Anschließend darfst du auf Spurensuche gehen:

WELCHE GLAUBENSSÄTZE HINDERN DICH DARAN, DEIN LEBEN IN GLÜCK UND FÜLLE ZU FÜHREN? FINDE MÖGLICHST VIELE GEGENBEISPIELE, DIE DIR DABEI HELFEN, DEINE SCHÄDLICHEN GLAUBENSSÄTZE UMZUKEHREN. KLINGT KOMPLIZIERT? IST ES GAR NICHT – ICH MACHE ES DIR MAL VOR!

Glaubenssatz: Es ist schwer, Geld zu verdienen.

Gegenbeispiele: Ich habe immer leicht einen Job gefunden, letztens habe ich überraschenderweise eine Rückzahlung erhalten, je mehr ich in meiner Energie bin, desto leichter gewinne ich neue Klienten.

Neuer Glaubenssatz: Geld kommt spielend leicht zu mir!

# EINE WOCHE VOLLER GLÜCK

DAFÜR BIN ICH DIESE WOCHE DANKBAR:

MEINE GLÜCKLICHSTEN MOMENTE DIESE WOCHE:

DAS HABE ICH DIESE WOCHE GELERNT:

DAS MACHE ICH IN ZUKUNFT ANDERS:

WER EWIG ANGST VOR FEHLERN HAT
ODER DINGE SO PERFEKT MACHEN WILL,
DASS ER SICH ERST GAR NICHT TRAUT ZU BEGINNEN,
WIRD AM ENDE GAR NICHTS ERHALTEN UND BLEIBT SCHLICHT
UND ERGREIFEND STEHEN.

# Umsetzen

*„Julia, du bist die absolute Umsetzungsmaschine"*, sagte meine Freundin Sarah eines Tages und schaute mich mit großen Augen an. Ich hatte ihr gerade erzählt, dass ich ein ganzes Hotel für mein Seminar gebucht habe. *„Wie schaffst du es, immer so unglaublich schnell in die Umsetzung zu kommen? Als würdest du gar nicht darüber nachdenken!?"*, fragt sie ungläubig.

Ich habe schon so vieles umgesetzt: lange Auslandsaufenthalte erlebt, mein eigenes Lied aufgenommen, mein eigenes Kartendeck für Achtsamkeit publiziert und dieses Buch hier geschrieben – und das sind nur einige Beispiele. Die Idee, mir meinen studentischen Lifestyle durch einen Blog aufzupeppen wurde ebenso schnell verwirklicht wie mein erstes Yoga Retreat in den Bergen. Sarahs Erstaunen über all diese Dinge ließ mich das erste Mal reflektieren, was für mich immer so selbstverständlich war. Warum komme ich so leicht in die Umsetzung? Was ist es, das mich einfach loslegen lässt, statt lange zu zaudern? Wieso erziele ich häufig Ergebnisse, während andere Menschen sich noch nicht mal trauen, die Ideen im Kopf auszuformulieren? Was hilft mir dabei, Vorsätze tatsächlich anzugehen, anstatt mich vom Schweinehund in der Komfortzone halten zu lassen?

Hier also das Geheimnis einer echten Umsetzungsmaschine: Ich betrachte meine Vorhaben als so klein, dass sie wie winzige Punkte auf einem großen Blatt Papier erscheinen. So sehe ich auch keinen Grund, vor ihnen zurückzuschrecken. Ob ich den Müll runterbringe oder eine Website baue – im Kern sehe ich einfach keinen Unterschied. Klar, vielleicht habe ich für das Erstellen einer Website noch keine Fähigkeiten erworben, während mir das Müll Rausbringen ganz leicht von der Hand geht. Doch was ist, wenn ich es einfach probiere? Wenn ich ganz neugierig an die Sache rangehe und einfach loslege und den ersten Schritt wage? Mir Tutorials anschaue, wenn es nötig ist, nach Hilfe frage und einfach mache, anstatt mir ewig den Kopf über das Wie zu zerbrechen?

Ich glaube, eine gesunde Naivität und Sorglosigkeit helfen mir außerdem dabei, schnell ins Handeln zu kommen: unerschrocken loslegen, sehen, was passiert, und die Konsequenzen des Handelns annehmen. Im besten Fall ernten wir Kirschen, im schlimmsten Fall lernen wir, wie wir es das nächste Mal besser machen können. Meine Auffassung vom Umsetzen ist, dass wir dadurch Ergebnisse sehen, die es sonst nicht geben würde. Und klar, die können auch mal negativ ausfallen. Dazu gehört Mut, denn wer ewig Angst vor Fehlern hat oder Dinge so perfekt machen will, dass er sich erst gar nicht traut zu beginnen, wird am Ende gar nichts erhalten und bleibt schlicht und ergreifend stehen.

Beginne, dich in den Reiz des Unbekannten zu verlieben. Entwickle eine Faszination für die Frage, welchen Einfluss du auf den Lauf der Welt ausüben kannst. Fange an, verrückt nach Ergebnissen zu werden, und nimm dafür auch in Kauf, dass diese vielleicht auch mal nur eine Lehre sind. Der Einzige, der etwas zu verlieren hat, ist der, der gar nicht erst beginnt. Die schönsten Erlebnisse, die einflussreichsten Situationen und Gespräche und den größten Erfolg hatte ich immer genau dann, wenn ich den Mut hatte, meinen Impulsen zu folgen, und einfach gemacht habe. *"Was ist das Schlimmste, was passieren kann?"*, ist eine sehr hilfreiche Frage, wenn es darum geht, die letzten Zweifel aus dem Weg zu räumen. Denn oftmals sind die Konsequenzen unserer Fehler so banal, dass der Gewinn, der auf der anderen Seite steht, schlichtweg überwiegt. Hast du dir schon mal überlegt, was passieren würde, wenn du all die Ideen, Vorhaben, Wünsche, Träume und Ziele einfach mal verwirklichen würdest? Wenn du einfach schon heute den ersten Schritt machst und loslegst? Dich einfach mal traust?

Wie dir das gelingt, zeige ich dir in den nächsten Tagen. Du hast dich die letzten Wochen so intensiv mit dir beschäftigt, dass du sicherlich auch ganz besondere Träume und Ziele hast, die nun auf ihre Umsetzung warten. Lass sie nicht nur Träume bleiben! In jedem von uns steckt eine *„Umsetzungsmaschine"*, die wir einfach nur zum Laufen bringen müssen. Ich helfe dir, den Motor zu ölen und die richtigen Knöpfe zu drücken. Natürlich gehört dazu auch immer eine gewisse Portion Mut, Selbstvertrauen und Eigenverantwortung. Auch Disziplin und Durchhaltevermögen können vor allem bei größeren Projekten nötig sein. Doch egal, was du verwirklichen möchtest: Die Anmeldung zu einem Kurs, dein neuestes Projekt, den Schritt in die Selbstständigkeit oder die Reise, von der du schon so lange träumst... Letztendlich sind all diese Dinge nur winzige Punkte auf einem Blatt Papier und du bist nur den ersten Schritt von deinem Ziel entfernt.

QR-CODE: EINE DER EINPRÄGSAMSTEN ERFAHRUNGEN ZU DIESEM THEMA MÖCHTE ICH DIR GERNE PERSÖNLICH ERZÄHLEN. HÖR MAL REIN, WIE EIN BIER IN EINER STUDENTENKNEIPE MEIN GANZES LEBEN AUF DEN KOPF GESTELLT HAT.

NOTIZEN

NOTIZEN

# Warum wiederholen

Blättere heute nochmal zurück auf Seite 58, wo du dein *Warum* für dieses Buch gefunden hast. Erinnere dich daran, warum du dich auf diesen Weg gemacht hast und seit Wochen an dir selbst und deinem Glück arbeitest. Dein *Warum* zu lesen, gibt dir Motivation. Deine Notizen und Gedanken von damals sollen dich nochmal ermutigen, jetzt tatsächlich in die Umsetzung all der Pläne, Wünsche und Ziele zu kommen, die du in den letzten Wochen gefunden hast.

SCHAU DIR DEIN „WARUM" NOCH EINMAL AN UND ÜBERLEGE MAL, WAS SICH SCHON GETAN HAT ODER OB DU VIELLEICHT ETWAS ERGÄNZEN MÖCHTEST.

# EIN NEUER TAG BEGINNT!

DAFÜR BIN ICH DANKBAR:

DARAUF LEGE ICH HEUTE DEN FOKUS:

DAS SCHÄTZE ICH AN MIR:

MEINE INTENTION FÜR DIESEN TAG:

DARAN MÖCHTE ICH MICH ERINNERN:

# Wenn alles beim Alten bliebe

Nur mal angenommen, du würdest das Buch nächste Woche beenden und nichts verändern. Alles bliebe genau so, wie es jetzt ist. Keine Träume, keine Ziele, keine Veränderung. Uff.

WAS FÜR EIN GEFÜHL LÖST DIESER GEDANKE GERADE IN DIR AUS? WAS WÄRE, WENN ALLES BEIM ALTEN BLEIBEN WÜRDE? WAS WÜRDE DAS FÜR DICH UND DEIN SELBSTBILD BEDEUTEN UND WAS WÜRDE DAS MIT DIR MACHEN?

# EIN NEUER TAG BEGINNT!

DAFÜR BIN ICH DANKBAR:

DARAUF LEGE ICH HEUTE DEN FOKUS:

DAS SCHÄTZE ICH AN MIR:

MEINE INTENTION FÜR DIESEN TAG:

DARAN MÖCHTE ICH MICH ERINNERN:

# Was hast du zu gewinnen?

Sagen wir es, wie es ist: Die Frage von gestern hat dich wahrscheinlich nicht gerade glücklich gemacht. Und trotzdem ist sie unfassbar wichtig, um auch tatsächlich in die Umsetzung zu kommen. Heute machen wir das wieder gut und drehen den Spieß um. Beantworte nun folgende Frage: Was kannst du gewinnen, wenn du dich ab heute an die Umsetzung deines Traumlebens machst? Welche Chancen wirst du wahrnehmen, welche neuen Möglichkeiten werden sich ergeben? Wie fühlst du dich als Mensch, der sein Glück in die Hand nimmt und einen Traum nach dem anderen angeht, sich selbst verwirklicht und voll in seiner Energie erblüht?

ÜBERLEGE DIR, WIE SICH DAS KONKRET AUF DIE EINZELNEN LEBENSBEREICHE DEINES RAD DES GLÜCKSS AUSWIRKEN WIRD UND SCHREIBE ES JETZT AUF!

# EIN NEUER TAG BEGINNT!

DAFÜR BIN ICH DANKBAR:

DARAUF LEGE ICH HEUTE DEN FOKUS:

DAS SCHÄTZE ICH AN MIR:

MEINE INTENTION FÜR DIESEN TAG:

DARAN MÖCHTE ICH MICH ERINNERN:

# Meine Motivation?

Wenn dich die Aufgabe gestern noch nicht in die Umsetzung gebracht hat oder du einfach eine zusätzliche Motivationsquelle anzapfen möchtest, dann überlege dir jetzt eine Belohnung, die dich auf angenehme Weise antreibt! Was möchtest du dir gönnen, wenn du all das, was du in diesem Buch für dich herausgefunden hast, wirklich umsetzt? Was könnte dich so richtig motivieren, genau jetzt weiterzumachen und an dir und deinem Glück zu arbeiten? Und welche Belohnung reizt dich so sehr, dass du den kürzesten Weg dorthin nehmen wirst?

SCHREIBE DEINE BELOHNUNG JETZT AUF UND SKIZZIERE DEINEN WEG DORTHIN – AUF DEM DU DICH AUCH NOCH UM DEIN NACHHALTIGES GLÜCK KÜMMERST!

# EIN NEUER TAG BEGINNT!

DAFÜR BIN ICH DANKBAR:

DARAUF LEGE ICH HEUTE DEN FOKUS:

DAS SCHÄTZE ICH AN MIR:

MEINE INTENTION FÜR DIESEN TAG:

DARAN MÖCHTE ICH MICH ERINNERN:

# Inneres-Team

Ja, manchmal ist es wirklich schwer, sich selbst zu motivieren oder Mut zu fassen. Deshalb hast du heute die Aufgabe, dir dein inneres Team zusammenzustellen. Dein inneres Team wird dich in schwierigen Situationen unterstützen.

Welche inspirierenden Personen gibt es, die dich schon vorangebracht haben, die an dich glauben oder dir Mut machen können? Welche Menschen sind Vorbilder und wen bewunderst du? Wenn du einer Herausforderung gegenüberstehst, konsultiere dein inneres Team: Was würden dir diese Menschen raten? Was wären die nächsten Schritte deines inneren Teams? Wie würden sie mit den Aufgaben oder Herausforderungen umgehen, die vielleicht bei dir gerade anstehen? Diese und weitere Fragen kannst du deinem inneren Team in Zukunft jederzeit stellen.



SUCHE DIR HEUTE 5 PERSONEN, DIE DU DIR IN SCHWIERIGEN SITUATIONEN VORSTELLEN UND IN DIE DU DICH ZUKÜNFTIG HINEINVERSETZEN KANNST.

Das können fiktive Personen, Stars, Autoren oder andere Menschen sein, die deinen Weg vielleicht schon gegangen sind oder dir ein paar Schritte voraus sind. Wenn du magst, gehören auch historische Persönlichkeiten zu deinem inneren Team, oder sogar dein zukünftiges Ich. Vielleicht ist es auch eine gute Freundin oder jemand aus deinem engsten Kreis?

Pssst: Niemand muss wissen, dass sie zu deinem inneren Team gehören!

# EIN NEUER TAG BEGINNT!

DAFÜR BIN ICH DANKBAR:

DARAUF LEGE ICH HEUTE DEN FOKUS:

DAS SCHÄTZE ICH AN MIR:

MEINE INTENTION FÜR DIESEN TAG:

DARAN MÖCHTE ICH MICH ERINNERN:

# Wochenende

## GLÜCKS-WORKSHOP

Mehr als zwei Monate verbringen wir nun schon miteinander! Herzlichen Glückwunsch, dass du so konsequent an deinem Glück arbeitest. So viel Einsatzbereitschaft möchte ich belohnen! Deshalb habe ich einen tollen Workshop aufgenommen, der all das, was du bisher gelernt hast, nochmal vertieft und dir hilft, stärker in die Umsetzung zu kommen.

Du bist in diesem Moment nur einen QR-Code-Scan von deiner Umsetzung entfernt. Also plane dir an diesem Wochenende eine Stunde für dieses Video ein oder besser: Starte gleich jetzt. Schnapp dir was zum Schreiben und ein leckeres Getränk und wir sehen uns gleich – schön, dass du da bist!

HIER GEHT'S ZU DEINEM WORKSHOP!

# EINE WOCHE VOLLER GLÜCK

DAFÜR BIN ICH DIESE WOCHE DANKBAR:

MEINE GLÜCKLICHSTEN MOMENTE DIESE WOCHE:

DAS HABE ICH DIESE WOCHE GELERNT:

DAS MACHE ICH IN ZUKUNFT ANDERS:

DEN MUT LOSZULEGEN, ENTWICKELST DU
GANZ EINFACH, INDEM DU DIR MAL ANSCHAUST,
WAS DU SCHON ALLES GESCHAFFT HAST!

# Dranbleiben

Ich habe eine spezielle Eigenschaft, die mich zu der Person gemacht hat, die ich heute bin. Es ist die Fähigkeit, immer weiter für das zu kämpfen, was mir wichtig ist. Wenn ich ein Ziel ins Auge gefasst habe, bleibe ich so lange dran, bis ich meinen Schatz in den Händen halte.

Als ich mich dafür entschieden habe, ein glückliches Leben zu führen, und ich mich auch beruflich dem Thema Glück verschrieb, blieb es nicht bei einem Wunsch. Ich richtete mein ganzes Denken, Handeln und Fühlen auf dieses Ziel aus. Ich las Bücher, passte meine Ernährung und Gewohnheiten an und erkundigte mich, wo ich noch mehr Wissen tanken konnte. So setzte ich meine Reise fort, besuchte Seminare, bildete mich unter anderem in Achtsamkeit und Meditation weiter und reiste dafür sogar nach Indien. Doch auch im Innen blieb ich dran, denn nach dem Gesetz der Anziehung ziehen wir das in unser Leben, was wir auch täglich aussenden. Leben wir in einer hohen Frequenz und sind wir erfüllt von Liebe, Glück und Leichtigkeit, wird uns auch in unserem Leben genau diese Liebe, Glück und Leichtigkeit begegnen. Wir ziehen an, wie wir uns fühlen und worauf wir unsere Aufmerksamkeit richten, und so fing ich an, mein ganzes Wesen jeden Tag auf mein Ziel auszurichten.

Doch das reichte noch nicht. Es durften auch echte Taten folgen, denn neben dem Gesetz der Anziehung gibt es noch weitere universelle Gesetze, die wir uns zunutze machen können, wenn wir ein glückliches Leben führen wollen. Eines davon ist das Gesetz von Ursache-Wirkung. Du kannst dein Leben nicht verändern, ohne dein Handeln zu verändern. Wenn du immer das gleiche tust, wirst du auch immer die gleichen Ergebnisse erzielen. Wie eine Fliege, die 100 Mal gegen die Scheibe fliegt und sich wundert, warum sie immer noch nicht im Freien ist. Vielleicht sollte diese Fliege einmal kurz innehalten und überprüfen, ob das Handeln sie an ihr Ziel bringt und wirklich die Wirkung hat, die sie sich wünscht.

Wenn du also etwas in deinem Leben verändern willst, dann reicht es nicht, drei Monate mit diesem Buch zu arbeiten und dann weiterzumachen wie bisher. Das Zauberwort lautet Kontinuität! Hör mal: Jetzt, in diesem Moment, geht deine Reise erst richtig los. Du darfst täglich so handeln, dass es dich deinen Zielen näherbringt. Alles, was du heute tust, wird sich auf deine glückliche Zukunft auswirken!

Um das zu verdeutlichen, lohnt es sich an dieser Stelle, auch mal zurückzuschauen. Erinnerst du dich daran, wie du vor drei Monaten mit dem Buch begonnen hast? Beschwöre den Moment vor dein inneres Auge, in dem du das erste Mal die Seiten aufgeschlagen hast. Erinnere dich wie es noch fast unberührt vor dir lag, während der holzige Duft von frischem Papier deine Nase berührte. Wie hat es sich angefühlt, das erste Mal mit dem Stift etwas in dieses Buch zu schreiben und es damit unwiderruflich zu deinem Buch zu machen? Welche Gedanken und Stimmen gingen dir dabei durch den Kopf? Erinnere dich auch daran, in was für einer Situation du damals warst, wie es dir ging und von welchen Gefühlen und Gedanken dein Alltag zu dieser Zeit geprägt war.

ACH, WEISST DU WAS? WIR MACHEN DAS GEMEINSAM! SCANNE DEN CODE UND ICH NEHME DICH MIT AUF EINE KURZE ZEITREISE, UM DIE LETZTEN WOCHEN REVUE PASSIEREN ZU LASSEN.

Was für eine intensive Zeit die letzten 12 Wochen waren, oder? Kannst du die Veränderung bei dir feststellen? Was ist heute schon fast selbstverständlich für dich, was damals komplett neu war? Welche neuen und nützlichen Gewohnheiten haben sich eingeschlichen, die du damals noch nicht kanntest? Welche Träume und Wünsche hast du nun, von denen du vor drei Monaten noch nicht einmal eine Ahnung hattest?

Du kannst so stolz auf dich sein. Du hast dich drei Monate intensiv mit dir selbst beschäftigt und darfst dir dafür mal selbst eine richtig schöne Umarmung geben. Sei zufrieden mit dir, aber gib dich nicht zufrieden!

Denn so schön deine Veränderung auch ist, so sicher kannst du dir auch sein, dass genau diese Veränderung die einzig sichere Konstante in deinem Leben ist. Wir entwickeln uns ständig weiter und deshalb ist es so wichtig, auch nach diesem Buch weiterhin dranzubleiben.

In Zukunft werden Menschen wie du und ich zunehmend gebraucht werden. In einer Welt, die durch technische Innovationen, künstliche Intelligenz und einer zunehmenden Digitalisierung immer befremdlicher wird, sind gerade die Qualitäten, die nur Menschen mitbringen, von höchster Bedeutung. Du gehst diesen Weg nicht nur für dich, sondern wirst auch für andere Menschen ganz automatisch zum Vorbild werden, wenn du sie durch deine Persönlichkeit und dein Licht berührst. Es sind die Menschen, die etwas in dieser Welt bewegen, die den Mut haben, an sich zu arbeiten und auch langfristig an ihrer Entwicklung dranzubleiben. Ich wünsche dir, dass du einer dieser mutigen Menschen bist!



Diese Woche geht es darum, dass du auch nach diesem Buch dran bleibst und dir überlegst, wie du weitermachst, auch wenn dieses Buch sich langsam dem Ende neigt. Unsere persönliche Entwicklung sollte eine Konstante in unserem Leben sein, die wir achtsam gestalten können. Selbst nach mehreren Jahren intensiver Persönlichkeitsentwicklung habe ich regelmäßig Mentoren um mich, besuche Seminare, bilde mich weiter und frische mein Wissen auf. Ich lade dich hiermit ein, dich gemeinsam mit mir auf diese Reise zu begeben. Wenn du deinen Weg nach dem Glücksperiment fortsetzen möchtest, melde dich gerne bei mir. In meinen Seminaren und Coachings wirst du dir selbst noch näherkommen und nachhaltig in deine Entwicklung finden.

UNABHÄNGIG DAVON MUSST DU HERAUSFINDEN, WAS DIR GUTTUT UND WIE DU AUCH WEITERHIN ETWAS FÜR DICH UND DEIN GLÜCK TUN KANNST.

Zum Abschluss des Glücksperiments werde ich dir auch noch meine fünf besten Tipps für kontinuierliches Wachstum und dauerhaftes Glück mitgeben. Doch bis dahin wünsche ich dir viel Freude beim Bearbeiten der letzten Aufgaben! Dieses Buch ist erst der Anfang!

NOTIZEN

# Nur eine Minute

Den Schweinehund hast du zu Beginn des Buches schon kennengelernt. Und sicherlich wird es auch zukünftig Momente geben, in denen es dir nicht leichtfallen wird, bei deinen Vorhaben dranzubleiben. Ein Tipp, den ich persönlich beherzige: Ich befolge die Regel der *„minimalsten Einheit"* und bleibe dran, indem ich wenigstens eine Minute einer Routine, einem Projekt oder einem anderen Vorhaben widme, bevor ich es gar nicht mache. Du möchtest täglich meditieren, doch hast das Gefühl, keine zehn Minuten stillsitzen zu können? Kein Problem, dann verkürze die Dauer heute auf eine Minute! Du stehst vor einem großen Projekt, bist aber gerade nicht in der Stimmung, daran zu arbeiten? Vielleicht kannst du bereits in einer Minute deinem Ziel etwas näherkommen? *„Besser als nichts"* ist hier dein Motto des Tages! Und pssst: Wenn du eine Minute auf der Yogamatte verbracht hast und feststellst, dass du doch noch länger dranbleiben möchtest, dann soll dich dieses einfache Prinzip natürlich auch nicht davon abhalten.

WORAUF KANNST DU DIESE REGEL HEUTE ANWENDEN?

# EIN NEUER TAG BEGINNT!

DAFÜR BIN ICH DANKBAR:

DARAUF LEGE ICH HEUTE DEN FOKUS:

DAS SCHÄTZE ICH AN MIR:

MEINE INTENTION FÜR DIESEN TAG:

DARAN MÖCHTE ICH MICH ERINNERN:

# Neue Routine

Nach drei Monaten ist dieses Buch wahrscheinlich ein fester Bestandteil deiner Glücks-Routine geworden.

WENN DU DIE LETZTEN MONATE MIT DEM GLÜCKSPERIMENT IN DEN TAG GESTARTET BIST, DARFST DU DIR HEUTE GANZ GENAU ÜBERLEGEN, WAS DIR NACH DER ZEIT MIT DIESEM BUCH DEN MORGEN VERSCHÖNERN DARF.

Vielleicht integrierst du etwas Neues, das dir so richtig guttut, in deinen Alltag. Was hältst du zum Beispiel von Yoga, Meditation oder einem einfachen Dankbarkeitstagebuch?

NACH UNSEREM ERSTEN BUCH HABEN VIELE DANACH MIT UNSEREM KARTENDECK WEITERGEMACHT. HAST DU DAS SCHON ENTDECKT?

# EIN NEUER TAG BEGINNT!

DAFÜR BIN ICH DANKBAR:

DARAUF LEGE ICH HEUTE DEN FOKUS:

DAS SCHÄTZE ICH AN MIR:

MEINE INTENTION FÜR DIESEN TAG:

DARAN MÖCHTE ICH MICH ERINNERN:

# Lern-Ziele

Klopf dir mal ordentlich auf die Schulter für all das, was du die letzten drei Monate gelernt hast! Du hast damit die Basis für dein glückliches und erfülltes Leben geschaffen. Ich liebe es, mir aufzuschreiben, was ich noch lernen möchte, oder welche Schritte ich als nächstes unternehme, um mich weiterzuentwickeln. So entstehen bei mir oft Pläne für Seminare und Kurse, die ich dann später besuche. Für mich sind diese Events unschätzbar wertvoll und sie helfen mir, immer weiter zu wachsen und mich noch besser kennen und lieben zu lernen.

Wie soll deine eigene Reise weitergehen? Welche Kurse, Seminare oder Programme landen auf deiner Wunschliste? Welche Themen interessieren dich, in die du die nächsten Wochen und Monate vertieft reinschnuppern möchtest? Gibt es etwas, was du dir direkt als großes Geschenk an dich selbst ermöglichen möchtest?

MACHE HEUTE DEN ANRUF, DIE BUCHUNG ODER GEHE DEN SCHRITT, DER NOTWENDIG IST, UM EINES DIESER VORHABEN IN DIE TAT UMZUSETZEN.

# EIN NEUER TAG BEGINNT!

DAFÜR BIN ICH DANKBAR:

DARAUF LEGE ICH HEUTE DEN FOKUS:

DAS SCHÄTZE ICH AN MIR:

MEINE INTENTION FÜR DIESEN TAG:

DARAN MÖCHTE ICH MICH ERINNERN:

# Glücks-Wecker

Oftmals vergessen wir im Alltag, was uns wirklich wichtig ist. Nutze heute die Gelegenheit und hilf deinem Zukunfts-Ich dabei, den Sinn für das Wesentliche zu bewahren.

SCHNAPP DIR DAFÜR DEINEN KALENDER UND TRAGE DIR EIN PAAR ERINNERUNGEN EIN.



Denke dabei über folgende Themen nach und stell dir Termine für den Zeitpunkt ein, an dem du dich wieder damit beschäftigen möchtest.: *"Was ist mir nochmal wichtig im Leben?", "Mit wem sollte ich mich unbedingt mal verabreden?", "Was macht mich so richtig glücklich?"* Das können aber auch konkrete Anlässe sein wie das Konzert deiner Lieblingsband oder ein Seminar, das dich besonders interessiert. Mach dir Notizen, stelle dir Wecker oder hinterlasse in deinem Jahresplaner Markierungen, die dich daran erinnern, dranzubleiben! So könntest du dir beispielsweise auch Termine für deine eigene Reflexion einstellen, in der du dein Glücksperiment noch einmal durchblätterst und schaust, ob du dich noch auf dem richtigen Weg befindest.

# EIN NEUER TAG BEGINNT!

DAFÜR BIN ICH DANKBAR:

DARAUF LEGE ICH HEUTE DEN FOKUS:

DAS SCHÄTZE ICH AN MIR:

MEINE INTENTION FÜR DIESEN TAG:

DARAN MÖCHTE ICH MICH ERINNERN:

# Du willst mehr?

SUCHE DIR GLEICHGESINNTE, ERSCHAFFE DIR EIN UMFELD AUS MENSCHEN, DIE DICH AUF DEINEM WEG BEGLEITEN, GEMEINSAM MIT DIR WACHSEN UND AN DICH GLAUBEN.

Menschen, die dich und dein Potenzial sehen. Die dir Mut machen, wenn du selbst gerade nicht an dich glaubst, und die verstehen, auf welcher Reise du dich gerade befindest. Es gibt diese Menschen, glaube mir. Ich kenne viele von ihnen. Es gibt ganze Communities mit tollen Persönlichkeiten, die dich sehen und lieben, für alles, was dich so besonders und einzigartig macht. Begib dich auf die Suche und finde genau das Umfeld, das dich in deiner persönlichen Weiterentwicklung unterstützt und dir hilft, dranzubleiben. Denn gemeinsam schaffst du viel mehr als allein!

# EIN NEUER TAG BEGINNT!

DAFÜR BIN ICH DANKBAR:

DARAUF LEGE ICH HEUTE DEN FOKUS:

DAS SCHÄTZE ICH AN MIR:

MEINE INTENTION FÜR DIESEN TAG:

DARAN MÖCHTE ICH MICH ERINNERN:

# Wochenende

## BRIEF AN DEIN ZUKUNFTS-ICH

Die letzten Monate hast du viel gelernt. Du hast dein Verhalten und deine Art zu denken reflektiert, du hast begonnen Blockaden aufzulösen und für Klarheit im Innen und Außen gesorgt.

BLÄTTERE DIESES WOCHENENDE NOCHMAL DURCH DAS BUCH UND LASS DIE ZEIT MIT DEM GLÜCKSPERIMENT REVUE PASSIEREN. ERINNERE DICH AN DEN WEG, DEN DU GEGANGEN BIST, SEITDEM DU DIESES BUCH ZUM ERSTEN MAL AUFGESCHLAGEN HAST. MACH DIR KLAR, WAS SICH SEITDEM BEREITS IN DEINEM LEBEN GETAN HAT!

Und nun zu deinem Brief: Es ist Zeit, groß zu träumen! Wo möchtest du in einem Jahr sein? Was willst du erlebt haben? Welche Gedanken möchtest du über dich selbst und die Welt haben? Wie möchtest du die Reise nach diesem Buch weiter gestalten und welche Ziele setzt du dir? Wie gestaltest du dein Umfeld und welche Menschen gehören dazu? Was tust du für deine Gesundheit und wie sieht es mit den Finanzen aus?

SCHREIBE HEUTE EINEN BESONDEREN BRIEF AN DEIN ZUKUNFTS-ICH MIT ALLEN GUTEN WÜNSCHEN, DIE DU AN DICH SELBST RICHTEN MÖCHTEST.

Du kannst dafür besonderes Briefpapier verwenden oder direkt in dieses Buch schreiben. Wenn du magst, stell dir gerne einen Termin im Kalender ein, der dich in einem Jahr daran erinnert, dass es Zeit ist, den Brief oder das Glücksperiment erneut herauszuholen und die Worte zu lesen, die du an diesem Wochenende verfasst hast. Mach's dir gemütlich, nimm dir Zeit dafür. Und lass dich in einem Jahr davon überraschen, was du alles wahr gemacht hast.

# EINE WOCHE VOLLER GLÜCK

DAFÜR BIN ICH DIESE WOCHE DANKBAR:

MEINE GLÜCKLICHSTEN MOMENTE DIESE WOCHE:

DAS HABE ICH DIESE WOCHE GELERNT:

DAS MACHE ICH IN ZUKUNFT ANDERS:

DU KANNST DEIN LEBEN NICHT VERÄNDERN, OHNE DEIN HANDELN ZU VERÄNDERN. WENN DU IMMER DAS GLEICHE TUST, WIRST DU AUCH IMMER DIE GLEICHEN ERGEBNISSE IN DEIN LEBEN ZIEHEN.

# Es ist mir eine Ehre!

Während ich diese Zeilen schreibe, klopft mein Herz vor Freude und ich strahle über das ganze Gesicht. Wenn du dieses Buch bis zum Ende bearbeitet hast, dann bist du jetzt eine andere Person als die, die sich vor drei Monaten in dieses Abenteuer gewagt hat. Mich macht es unglaublich glücklich, wenn ich daran denke, was dieses Buch in dir ausgelöst haben muss und wie sich dein Leben und die Beziehung zu dir selbst dadurch verbessert haben. Du kannst so stolz auf dich sein, dass du diesen Weg gegangen bist! Vielleicht hast du zwischendurch Pausen eingelegt oder die ein oder andere Übung oberflächlich absolviert. Aber du hast es bis hierhin geschafft.

Mach dir bitte bewusst, dass das, was du die letzten drei Monate getan hast, nicht selbstverständlich ist und sich bisher nur ein winziger Bruchteil der Menschen auf diesem so wichtigen Weg zu sich selbst befindet. Dass ich dich dabei begleiten durfte, ist für mich nicht nur ein großes Glück, sondern auch eine Ehre. Ich wünschte, ich könnte dich eines Tages persönlich treffen, um zu hören, welche Erkenntnisse du mit deinem Glücksperiment gewonnen und was du danach in deinem Leben umgesetzt hast. Mich interessiert auch brennend, wie deine persönliche Reise in ein glücklicheres Leben weitergeht.

Falls es mit dem persönlichen Treffen nichts wird, findest du ein paar Seiten weiter meine Kontaktmöglichkeiten. Wenn du mir eine riesige Freude machen willst, schreib mir gerne ein paar Zeilen, wie dir das Glücksperiment gefallen und wie die Arbeit mit ihm dein Leben beeinflusst hat. Deine Geschichte zu hören, ist für mich der größte Dank. Denn – ich hab es dir bereits erzählt – die Arbeit in meinen Kursen und mit diesem Buch hier ist das, was meinem Leben Sinn gibt. Danke, dass du ein wichtiger Teil davon bist!

# Werde zum Licht

## FÜR DICH UND DEIN UMFELD!

Als ich meine ersten Berührungen mit Spiritualität und Persönlichkeitsentwicklung hatte, fühlte ich mich manchmal wie ein Alien. Ich dachte, ich wäre auf meinem Weg allein in meinem Umfeld. Häufig fühlte ich mich gerade von meinem engsten Kreis belächelt. Vor allem meine Eltern konnten anfangs (was sich mittlerweile verändert hat) nur wenig mit diesen Themen anfangen. Ein Coaching buchen, sich einen Mentor suchen oder Geld in sich und seine persönliche Weiterentwicklung zu stecken, wirkten auf mein Umfeld, als hätte ich verkündet, mich freiwillig in die Fänge einer gefährlichen Sekte zu begeben. Erst als Jahre später niemand meine innere Zufriedenheit, meine Erfolge und mein Glück mehr ignorieren konnte, änderte sich auch das Denken meiner Mitmenschen. Heimlich schauten sie sich Videos anderer Trainer an, buchten die ersten Online-Seminare und irgendwann hatte ich die Ehre, meine Mama und meinen Bruder in einem meiner Kurse zu begrüßen. Hätte ich ihnen das jemals aufzwingen können? Ganz bestimmt nicht. Aber was ich machen konnte, war selbstbewusst und unbeirrt meinen Weg zu gehen: auf mich und den Ruf meines Herzens zu vertrauen und intuitiv die Entscheidungen zu treffen, die mich meinen Zielen näherbrachten. Heute bin ich so dankbar, dass ich diesen Weg gewählt habe und mich trotz aller Widerstände, finanzieller Engpässe und entgegen aller Erwartungen immer wieder für mich entschieden habe. Der Mensch, der ich heute bin, würde nicht existieren, wenn ich damals auf die Stimmen der anderen gehört hätte. Das Glück, das ich heute in mir trage, wäre nicht so echt und beständig, wenn ich mich nicht mit den Themen beschäftigt hätte, die wirklich in der Tiefe meines Unterbewusstseins lagen. Die Sicherheit, mein Leben lang auf diese Ressourcen zugreifen zu können, hätte ich nicht, wenn ich auf die anderen gehört hätte. Und ich hätte nie die Fähigkeit erlangt, jederzeit und im Einklang mit den äußeren Umständen zu mir und in meine Mitte zurückzukommen – wenn ich damals meinen Weg verlassen hätte, nur um anderen für einen Moment zu gefallen. Die ein, zwei Tage dicke Luft nahm ich gerne in Kauf, wenn auf der anderen Seite ein Leben voller Leichtigkeit, Glück, innerer Stärke und Selbstliebe steht. Alles andere wäre für mich schlichtweg ein schlechter Deal gewesen. Rückblickend bin ich stolz auf mich, dass ich mich damals für mich selbst entschieden habe.

Dich weiterzuentwickeln, wird dich verändern. Jedoch in eine Richtung, die so viel reicher, tiefgründiger, intensiver und glücklicher ist als alles, was du dir in diesem Moment vorstellen kannst. Vielleicht hast du nach diesem Buch eine Idee davon bekommen, was möglich ist. Und ich sage dir: Das war erst der Anfang! Mit dir wird sich auch dein Umfeld wie von Zauberhand ändern und du ziehst plötzlich neue Menschen in dein Leben. Du wirst Freunde gewinnen, die dich sehen, wie du bist und bei denen du einfach genau du selbst sein darfst. Am liebsten würde ich dich kurz in eines meiner Seminare beamen, damit du selbst erleben kannst, wie das Strahlen in den Augen meiner Teilnehmer den ganzen Raum zum Funkeln bringt. Wie Stimmen und gelöstes Lachen die Stille brechen, Musik zum Tanzen und Mitsingen einlädt und wie Liebe und Energie ein Feld erschaffen, das du körperlich spüren kannst. Gänsehaut. Freudentränen. Tiefe Verbindungen. Genau das sind die Momente, in denen ich sehe, was möglich ist! Es lohnt sich, Teil solcher Gemeinschaften zu werden, denn wenn du dich mit Menschen umgibst, die sich auf dem gleichen Weg befinden wie du, kannst du dein Licht noch mehr zum Strahlen bringen und dich ganz entfalten, in deine wahre Größe kommen und sein, wer du wirklich sein willst.



Zu Beginn des Buches habe ich dir bereits erzählt, dass sich dein Glück nicht nur auf dich selbst, sondern auch auf dein Umfeld auswirkt. Je besser es dir geht, desto besser geht es deiner Familie, deinen Freunden und all den anderen Menschen, die das Glück haben, mit dir in Berührung zu kommen. Gehe diesen Weg deshalb nicht nur für dich, sondern hab im Sinn, was für einen riesigen Einfluss du auf deine Mitmenschen haben wirst. Das ist ein unermessliches Geschenk! Nadine, eine liebe Teilnehmerin von *„Der Mut, glücklich zu leben"*, hat mich zu Tränen gerührt, als sie mir erzählte, dass sie meine Übungen mit ihrer 2-jährigen Tochter macht und diese nun mit Dankbarkeitsübungen und einer gut gelaunten Mama, die einst so gestresst war, in den Tag startet. Was gibt es Schöneres, oder? Sei dir bewusst, dass du mit diesem Buch Wissen in deinen Händen hältst, das die meisten Menschen da draußen nicht mal erahnen können. Du hast erlebt, was durch einfache Routinen wie Dankbarkeitsrituale möglich ist. All das darfst du nun weitergeben und wie Nadine zum Licht für dein Umfeld werden! Stecke die Menschen in deinem Leben mit deiner guten Laune, deinem positiven Blickwinkel und dem, was du gelernt hast, an! Bring dein Umfeld zum Strahlen und lass niemals zu, dass dir jemand dein Licht dimmt!

Du kannst diese Entwicklung und dein Wissen niemandem aufzwingen, jedoch kannst du als gutes Beispiel vorangehen, bis einige deiner Mitmenschen eines Tages verstehen, dass dieser Weg für dich ein glücklicher Weg ist. Und es vielleicht auch für sie sein kann. Vielleicht schauen sie dann selbst eines Tages heimlich Videos, fragen dich, wie dir das Seminar gefallen hat, auf dem du dich weitergebildet hast, oder bitten dich um Rat, wenn sie selbst nicht weiterwissen. Du wirst sehen, wenn du deinen Weg gehst, können die meisten gar nicht anders, als dir irgendwann zu folgen. Und wenn sie es still und heimlich tun, ist das doch auch okay, oder? Schließlich wünschen wir uns doch alle einfach nur eine glücklichere, friedlichere Welt und dass es unseren Liebsten gut geht.

Wenn du dieses Buch geschenkt bekommen hast, weißt du vielleicht bereits, wie dieses Geschenk Leben verändern kann. Hast du es dir selbst gekauft, hast du sicherlich bereits ein paar Ideen, wem das Buch genauso helfen könnte. Sei Teil einer großen Bewegung und verbreite dieses Wissen, indem du anderen Menschen von diesem Buch erzählst oder es gar verschenkst. Vielleicht bist du irgendwann die Person, an die sich einige Leute erinnern, wenn sie an den ersten Tag ihres neuen Lebens denken. Möglicherweise bist du damit der Mensch, mit dem alles beginnt, und der Grund, warum eine andere Person mit mehr Leichtigkeit, Zuversicht und Glück durch den Alltag gehen wird. Lass uns das Licht gemeinsam hinaustragen und hilf mir bei meiner Mission, die Welt zu einem freundlicheren Ort zu machen. Ich danke dir, dass du diesen Weg gegangen bist. Für dich und damit auch für mich.



EIN BLICK ZURÜCK

SIEHST DU WIE VIEL DU GESCHAFFT HAST?

SEI STOLZ AUF DICH!

# Meine Top 5 Tipps

## FÜR DEIN WACHSTUM

Abschließend möchte ich dir noch weitere fünf Ratschläge mit auf den Weg geben. Ich versuche mich immer an sie zu halten und wenn du dich kontinuierlich weiterentwickeln und wachsen möchtest, nimm sie dir zu Herzen und befolge sie so gut du kannst. Wenn du mich nach einer knackigen Formel zum Glück fragst, dann merke dir: Es geht nicht um *"höher, schneller, weiter"*, sondern um *"frei, glücklich, flexibel"*. Und nun zu meinen fünf besten Tipps, die dir dabei helfen, in dein glückliches Leben hineinzuwachsen:

## 1. NICHT NUR INSPIRATION - AUCH INTEGRATION



Ich sehe leider immer wieder, dass Menschen von einem Seminar zum nächsten rennen, ein Buch nach dem anderen lesen oder sich in Dauerschleife inspirierende Podcasts anhören, aber nichts davon wirklich in ihr Leben integrieren. Aus diesem Grund gebe ich meinen Seminarteilnehmern auf liebevolle Art häufig *„Plüsch-Arschtritte"* (so hat es eine Teilnehmerin mal genannt) und animiere sie regelmäßig, dranzubleiben und wirklich in die Entwicklung zu gehen. Ich möchte niemanden in meinen Kursen haben, der sich nur inspirieren lässt, aber dann nichts in seinem Leben ändert.

Du erinnerst dich sicherlich daran, dass mich meine Freundin Sarah *„Umsetzungsmaschine"* nennt. Bitte, lass dich von diesem Gedanken anstecken. Du musst nicht jeden Tag dein Lebensglück neu erfinden, kleine Schritte reichen aus. Hauptsache, du gehst sie auch: Setze die Dinge um, die du lernst. Seminare besuchen, Kurse buchen, Podcasts hören und Journals ausfüllen – all diese Dinge haben ihre Berechtigung und sind wertvoll. Du wirst aber nur davon profitieren, wenn du dein Wissen anwendest und für dich und dein Leben nutzt. Sobald du das für dich verstanden hast und auch tatsächlich beherzigst, gibt es nur noch eine Richtung für dich: vorwärts! Hinein in eine selbstbestimmte, erfüllte Zukunft. *„Feuer frei!"*, würde Sarah an dieser Stelle rufen und ich stimme ihr zu. Bilde dich weiter, bleib dran und integriere all das Wissen in dein tägliches Handeln! Mir wird fast schon schwindelig, wenn ich daran denke, wo dich das hinbringen wird!

# 2. NUR DU ALLEIN WEISST, WAS GUT FÜR DICH IST

In dir sprudelt eine Quelle unendlicher Weisheit! Du hast deine Intuition, dein Bauchgefühl und verfügst über einen gigantischen Schatz bewussten und unbewussten Wissens, das jederzeit darauf wartet, zum Einsatz zu kommen. Bitte vertraue auf dich, deine Fähigkeiten und das, was dein Herz dir sagt. Lass dir von niemanden erzählen, was du brauchst oder nicht brauchst, sondern höre in dich hinein. Spüre in dein Herz oder verlass dich auf dein Bauchgefühl, wenn wichtige Entscheidungen anstehen. Hätte ich bei meiner Kündigung, bei der ersten 4-stelligen Investition in mich selbst oder beim Verkauf all meiner Sachen auf andere gehört, wäre ich vermutlich immer noch genau da, wohin ich heute nicht mehr zurück möchte. Es geht in deinem Leben nicht darum, das zu tun, womit sich dein Umfeld wohlfühlt, sondern darum, deinen eigenen Weg zu gehen.

Willst du glücklich leben, bedeutet das auch mutig zu sein, auf dich selbst zu vertrauen und genau das zu tun, was du tief in deinem Inneren für richtig hältst. Dazu gehört auch der Mut, Fehler zu machen. Und natürlich darfst du auch den Rat und die Meinung anderer Menschen einholen. Doch letztendlich sollte keine Stimme so viel wiegen wie deine eigene. Die einzigen Menschen, von denen ich mir wirklich etwas sagen lasse, sind die, die schon längst da sind, wo ich hinmöchte.

# 3. NIMM DIE ABKÜRZUNG UND SUCHE DIR MENTOREN

Meine Selbstständigkeit hätte ich niemals so schnell aufgebaut, wenn mich Marcel, mein Mentor und Lieblings-NLP-Trainer (du kennst ihn aus dem Vorwort), nicht vor einer ganzen Reihe an Fehlern bewahrt hätte. Den Führerschein hätte ich nicht so schnell geschafft, wenn mir mein Fahrlehrer nicht gezeigt hätte, wie ich mich sicher im Straßenverkehr verhalte. Meine tiefe Zufriedenheit und meinen inneren Frieden hätte ich nicht so schnell gefunden, wenn mir nicht meine Mentoren gezeigt hätten, welche inneren Themen und Glücksblocker mich noch davon abhalten. Allein schaffen wir so vieles und die Ressourcen, um unsere Probleme zu lösen, liegen in uns selbst. Dazu stehe ich zu 100%. Jedoch möchte ich ergänzen, dass wir deswegen nicht alles allein schaffen müssen! Für mich ist es ein Zeichen innerer Größe und Stärke, wenn wir uns Hilfe holen. Andere Menschen, die den Weg schon gegangen sind, können uns Abkürzungen zeigen und uns komprimiert das Wissen mitgeben, welches wir gerade brauchen. Jemand, der schon mal gescheitert ist, kann uns davor bewahren, dieselben Fehler zu machen. Ein Mensch, der sich intensiv mit einer Thematik befasst hat, kann uns in viel kürzerer Zeit die wichtigsten Infos geben und uns wie ein Turboantrieb beschleunigen. So ist es auch mit dem Glücksperiment. Denn ohne etliche gewälzte Bücher rund um das Thema Glück, all die Seminare und Weiterbildungen und mein unstillbares Interesse für persönliche Weiterentwicklung, hätte ich dir niemals in so komprimierter Form so viel Wissen vermitteln können, das dich nun als dein Turboantrieb in deiner Entwicklung vorwärtsbringt.

# 4. DIE BESTE INVESTITION IST DIE IN DICH SELBST

Im Jahr 2020 habe ich 30.000 Euro in Seminare und Weiterbildungen – und damit in mich selbst – investiert. Investitionen, von denen du jetzt, da du dieses Buch in Händen hältst, profitieren darfst. Ich habe so viele schockierte Blicke geerntet, wenn ich anderen so zuversichtlich erzählt habe, dass ich wieder so viel Geld für meine Weiterentwicklung ausgegeben habe: *„Das zahlt die Zukunfts-Julia"*, habe ich immer gesagt, weil ich felsenfest davon überzeugt war, dass die Version, die über das Wissen der Weiterbildungen verfügt, ganz anders wirken, denken, handeln, fühlen und damit ganz andere Ergebnisse in ihr Leben ziehen würde. Ich bin für jeden investierten Euro dankbar. Bisher ist jede Investition in mich doppelt und dreifach zu mir zurückgekommen. Denn anders als bei Urlauben, materiellen Dingen oder gar Aktien ist der zu erwartende Return On Investment – also das, was du zurückbekommst – deutlich höher!

Die Welt entwickelt sich in rasender Geschwindigkeit immer weiter. Arbeitsplätze, die gerade noch sicher erscheinen, können jederzeit reduziert werden. Ganze Branchen werden in Zukunft wegbrechen und unvorhersehbare Katastrophen können unsere Welt aus den Fugen werfen. Ich denke, die Ereignisse der letzten Jahre haben uns deutlich gemacht, dass die Sicherheit, in der wir uns so lange gewogen haben, eine Illusion ist. Das Einzige, was dir wirklich niemand nehmen kann, ist das, was du in dir trägst: dein Wissen, deine persönlichen Qualifikationen, deine innere Stärke, auch mit Krisen gut umgehen zu können oder die Dinge umzusetzen, die dich frei und unabhängig machen. Was bringt dir ein Urlaub, wenn du kurze Zeit später zu Hause bist und dich schrecklich fühlst? Was bringt dir dein Auto, wenn es dich zu dem Job bringt, den du eh am liebsten an den Nagel hängen würdest? Eigne dir die persönlichen und fachlichen Kompetenzen an, die dich frei machen und dir das glückliche Leben ermöglichen, das du dir wünschst.

# 5. VERLASSE DEINE KOMFORTZONE!

Achja, die gute alte Komfortzone! Ich denke, das Thema ist bei dir längst Geschichte, denn immerhin hast du dich 12 Wochen lang meinen Fragen gestellt und intensiv an dir gearbeitet, was wahrscheinlich nicht immer der bequemste Weg war. Deshalb kann ich dir nur Mut machen, dies auch weiterhin zu tun. Denn außerhalb deiner Komfortzone liegt dein größtes Wachstumspotenzial! Gerade wenn du vor etwas Angst hast, zögerst und zauderst, frage dich, ob die Angst berechtigt ist, oder ob sich dahinter vielleicht eine riesengroße Chance für dich befindet. Ich musste ganz schön schmunzeln, als mir meine Kursteilnehmerinnen unabhängig voneinander sagten, wie sehr sie ihre Komfortzone verlassen mussten, um mit mir zu telefonieren und sich für mein Programm anzumelden. Heute sind sie mehr als dankbar für diese Momente und stehen vor ganz anderen Entscheidungen, die einen Sprung aus der Komfortzone bedeuten. Was mich daran begeistert: Sie wachsen und entwickeln sich dadurch stetig weiter und blicken irgendwann mit einem sanften Lächeln auf Situationen zurück, die sie früher für undenkbar gehalten hätten.

Glaub mir, auch ich musste bei meinem ersten Auftritt vor 70 tollen Menschen meine Komfortzone verlassen. Doch das Zittern und Bangen hat sich gelohnt und heute weiß ich, dass ich in mich und mein Können vertrauen darf. Wenn du dich entwickeln möchtest und dein Selbstvertrauen auf eine nächste Stufe bringen willst, trau dich also regelmäßig, deine Komfortzone zu verlassen. Mach Dinge, die dich fordern, die Mut kosten und dich vielleicht auch mal unter Druck setzen. Irgendwann werden auch diese Dinge zu deinem neuen *„Normal"* und was einst schwer war, geht dir plötzlich spielend leicht von der Hand.

EINE GLÜCKLICHE ZUKUNFT IST MÖGLICH!
FÜR JEDEN UND DAMIT AUCH FÜR DICH.
VERSPROCHEN! DU DARFST GLÜCKLICH SEIN!

# Teile dein Glück mit mir!

Wenn du bis hierher gelesen hast, dann schreibst du gerade Glücks-Geschichte. Und wenn du dazu bereit bist, dann bitte ich dich, deine Geschichte mit mir zu teilen. Für mich ist es eine riesige Ehre, dich diese Monate begleitet zu haben und ich hoffe, dir hat die Zeit mit mir gut gefallen. Ein paar Zeilen weiter unten findest du meine Kontaktdaten, um mit mir zusammenzuarbeiten oder mir suuuuuper gerne deine Erfahrungen mit dem Buch mitzuteilen! Ich freue mich darauf, von dir zu hören und dich schon bald persönlich kennenzulernen – wenn du magst dann gerne in einem meiner Kurse. Bis dahin wünsche ich dir von ganzem Herzen:

Viel Glück!



MEIN MENTORING & RETREAT „DER MUT, GLÜCKLICH ZU LEBEN"

WEBSITE:
www.juliamariebeckert.de

INSTAGRAM:
@juliamariebeckert

E-MAIL:
gluecksperiment@juliamariebeckert.de

ernigrundner

# Ein riesiges Dankeschön

Bitte nimm dir einen Augenblick Zeit, um auch das letzte Kapitel dieses Buches zu lesen. Denn ganz ehrlich: Ohne die richtigen Menschen in meinem Leben und ein starkes Team, wäre dieses Buch niemals erschienen. Das hier ist Teamarbeit pur. Dieses Buch ist das, was herauskommt, wenn Menschen ihrer Leidenschaft folgen und ihr ganzes Herzblut in Wallung versetzen, um anderen ein Lächeln ins Gesicht zu zaubern.

Mein größter Dank gilt meiner langjährigen Freundin und Herausgeberin dieses Buches, Corinna Danner. Ohne ihre Risikobereitschaft, ihr blindes Vertrauen in mich und meine Fähigkeiten, ihre unermüdliche Kreativität und Leidenschaft, die sie in das Buch gesteckt hat, wäre all das hier niemals möglich gewesen. Ich bewundere Corinna schon seit meiner Ausbildungszeit, zu der wir uns ein winziges Zimmer im Wohnheim unseres Arbeitgebers teilten. Dass unsere Freundschaft über dieses Buchprojekt neu aufblühen durfte, ist neben all den glücklichen Menschen der größte Gewinn aus diesem Projekt. Ich danke Corinna von ganzem Herzen für diese Chance und alle Kraft, Zeit, Geld und Ressourcen, die sie in die Verwirklichung dieses Buches gesteckt hat.



Auch gilt mein Dank ihrem Mann, Martin Danner, der uns geholfen hat, das Glücksperiment auf ein neues Level zu bringen und all sein Wissen in die Zahlen, Daten und Fakten hinter den Kulissen eingebracht hat.

Für die grafische Umsetzung möchte ich mich von Herzen bei Charis Neumann bedanken, die mit dem Glücksperiment ihr Debüt als Grafikdesignerin feiert und jede kleine Korrektur und jeden Designwunsch mit Begeisterung und Herzblut umgesetzt hat.

Für die wissenschaftlichen Fakten, das geballte Wissen rund um das Thema Glück und die psychologischen Hintergründe hatte ich die großartige Unterstützung von Christina Lederle, die nach diesem gemeinsamen Projekt einen Doktortitel verdient hätte. Dank ihrer akribischen Recherche konnten wir das Wissen, das ich über die Jahre gesammelt habe, mit wissenschaftlichen Fakten untermauern und eine ganz andere Tiefe erzeugen. Ich will gar nicht wissen, wie lange sie gebraucht hat, um darüber hinaus aus meinen 300 Interviews die Erkenntnisse zu ziehen, die in den Aufbau dieses Buches eingeflossen sind.

Großen Dank auch an Stefan Dohnke, der als Lektor für den perfekten Lesefluss und für die gewisse Würze in den Formulierungen gesorgt hat.

Dank auch an meinen Mentor, Lieblings-NLP-Trainer und Partner Marcel Rosenbach. Das Wissen, das ich in seinen Ausbildungen erwerben konnte, seine mentale Unterstützung und Liebe sind gleichermaßen in dieses Buch eingeflossen.

Abschließend möchte ich mich bei meiner Schwester Sophia bedanken, die bis zu ihrem 17. Lebensjahr an meiner Seite war und doch immer noch präsent in meinem Leben ist. Ohne sie wäre ich diesen Weg niemals gegangen. Dieses Buch, meine Seminare und mich, wie ich heute bin, gäbe es niemals, wenn sie nicht gewesen wäre. Durch dieses Buch und alles was ich mache, möchte ich nicht nur deinem und meinem, sondern auch ihrem Leben Sinn geben.

Und letztendlich bedanke ich mir bei dir, dass du dich entschieden hast, dieses Buch zu kaufen und damit nicht nur dir, sondern auch uns ein großes Geschenk gemacht hast. Mit deinem Kauf unterstützt du ein Team, das aus purer Liebe und Freude handelt und zudem Müttern, einer jungen Frau mit Schwerbehinderung und dem Bürohund Ronny ein glückliches Leben ermöglicht. Ein Glück, dass es dich gibt!

# Quellenverzeichnis


1 Otto-von-Guericke-Universität Magdeburg (09.07.2020), Auf der Suche nach dem Glück URL: https://www.ovgu.de/Universität/Im+Portrait/Profilierungsschwerpunkte/Forschung+_+Transfer/Auf+der+Suche+nach+dem+Glück.html (Stand: 30.08.2021)

2 SINUS Markt- und Sozialforschung (19.03.2019), Glücks-Studie: Deutsche sind glücklich und optimistisch, URL: https://www.sinus-institut.de/media-center/presse/deutsche-sind-gluecklich-und-optimistisch (Stand: 30.08.2021)

3 Matthew A. Killingsworth (2021), Experienced well-being rises with income, even above $75,000 per year, in: PNAS, 18 (4): e2016976118

4 Elizabeth Dunn und Chris Courtney (14.09.2021), Does More Money Really Make Us More Happy?, URL: https://hbr.org/2020/09/does-more-money-really-makes-us-more-happy (Stand: 30.08.2021)

5 Ashley Whillans (05.04.2021), Zeit macht glücklich, URL: https://www.manager-magazin.de/harvard/selbstmanagement/harvard-gluecks-for-schung-zeit-macht-gluecklich-a-00000000-0002-0001-0000-000164762859 (Stand: 30.08.2021)

6 Ryan Howell (2009), The mediators of experiential purchases: Determining the impact of psychological needs satisfaction and social comparison, in: The Journal of Positive Psychology, 2 (6), S. 511-522

7 Statista (11.06.2021), Voraussichtliche Lebensarbeitszeit in Deutschland nach Geschlecht von 2010 bis 2020 (in Jahren), URL: https://de.statista.com/statistik/daten/studie/827899/umfrage/lebensarbeitszeit-in-deutschland-nach-geschlecht/ (Stand: 30.08.2021)

8 Michael Neumann und Jörg Schmidt (2013), Glücksfaktor Arbeit. Was bestimmt unsere Lebenszufriedenheit, in: RHI-Diskussion, Nr. 21, Roman-Herzog-Institut

9 Sonja Lyubomirsky (2018), Glücklich sein. Warum Sie es in der Hand haben, glücklich zu leben, Campus Verlag, zweite Auflage

10 MDR WISSEN (30.09.2020), Was macht uns glücklich? - Die Fragen nach dem Glück und dem Sinn des Lebens, URL: https://www.youtube.com/watch?v=TZE1SuTtrD0 (Stand: 30.08.2021)

11 Schlossparkklinik Dirmstein (16.11.2021), *„Glückshormone"* – Gibt es sowas überhaupt?, URL: https://www.schlosspark-klinik-dirmstein.de/glueckshormone-gibts-das-ueberhaupt/ (Stand: 30.08.2021)

12 Gudrun Heise (20.03.2018), Sitzt das Glück in unserem Gehirn?, URL: https://www.dw.com/de/sitzt-das-gl%C3%BCck-in-unserem-gehirn/a-43045334 (Stand: 30.08.2021)

13 Johanna Bayer (31.10.2014), Essen macht glücklich – aber anders, als man denkt, URL: https://www.daserste.de/information/wissen-kultur/w-wie-wissen/sendung/2010/essen-macht-gluecklich-aber-anders-als-man-denkt-100.html (Stand: 30.08.2021)

14 SINUS Markt- und Sozialforschung (19.03.2019), Glücks-Studie: Deutsche sind glücklich und optimistisch, URL: https://www.sinus-institut.de/media-center/presse/deutsche-sind-gluecklich-und-optimistisch (Stand: 30.08.2021)

15 Christian Heinrich (01.09.2020), Gesund im Alter. Die wichtigsten Faktoren für ein langes Leben, https://www.spektrum.de/news/fuenf-tipps-fuer-ein-langes-gesundes-leben/1763052 (Stand: 30.08.2021)

16 Psychological Tools (k. J.), Fight Or Flight Response. Information Handout, URL: https://www.psychologytools.com/resource/fight-or-flight-response/ (Stand: 30.08.2021)

17 Spektrum der Wissenschaft Verlagsgesellschaft mbH (k. J.), Lexikon der Biologie: Kampf-oder-Flucht-Reaktion, URL: https://www.spektrum.de/lexikon/biologie/kampf-oder-flucht-reak-tion/35305 (Stand: 30.08.2021)

18 Emma Seppälä (30.07.2020), Feeling Anxious? Breathing Is Most Helpful, New Yale/Harvard Studies Show, URL:https://emmaseppala.com/feeling-anxious-breathing-is-most-helpful-new-yale-harvard-studies-show/ (Stand: 30.08.2021)

19 Emma Seppälä (30.07.2020), Feeling Anxious? Breathing Is Most Helpful, New Yale/Harvard Studies Show, URL:https://emmaseppala.com/feeling-anxious-breathing-is-most-helpful-new-yale-harvard-studies-show/ (Stand: 30.08.2021)

20 Oskar Günther (5. August 2020), Atmung & das vegetative Nervensystem – Einfluss auf die Regeneration & Leistungsfähigkeit, URL: https://nubymi.com/atmung-und-das-vegetative-nervensystem/ (Stand: 30.08.2021)

21 Pierre Philippot, Gaëtane Chapelle und Sylvie Blairy (2010), Respiratory feedback in the generation of emotion, Cognition and Emotion, 1(5), S. 605 - 627

22 Art of Living (k. J.), Research on SKY Breath Meditation (SKY), URL: https://www.artofliving.org/us-en/research-sudarshan-kriya (Stand: 30.08.2021)

23 Robert Waldinger (11.2015), What makes a good life? Lessons from the longest study on happiness, URL: https://www.ted.com/talks/robert_waldinger_what_makes_a_good_life_lessons_from_the_longest_study_on_happiness?language=en (Stand: 30.08.2021)

24 Emma Seppälä (30.07.2020), Feeling Anxious? Breathing Is Most Helpful, New Yale/Harvard Studies Show, URL:https://emmaseppala.com/feeling-anxious-breathing-is-most-helpful-newyaleharvard-studies-show/ (Stand: 30.08.2021)

25 Ruth Ann Atchley, David L. Strayer and Paul Atchley (2012), Creativity in the Wild: Improving Creative Reasoning through Immersion in Natural Settings, in: PLoS ONE, 7(12), e51474

26 Ha Vinh Tho (2019), Der Glücksstandard, O.W. Barth

27 Marco Taubert, Arno Villringer und Patrick Ragert (2010), Training verändert das Gehirn viel schneller als gedacht. Forschungsbericht 2010 - Max-Planck-Institut für Kognitions- und Neurowissenschaften, URL: https://www.cbs.mpg.de/761020/taubert_ragert_et_al.pdf (Stand: 30.08.2021)

28 Aekyoung Kim und Sam Maglio (2018), Vanishing time in the pursuit of happiness, in: Psychonomic Bulletin & Review volume, 25, S. 1337–1342

29 Otto-von-Guericke-Universität Magdeburg (09.07.2020), Auf der Suche nach dem Glück URL: https://www.ovgu.de/Universit%C3%A4t/Im+Portrait/Profilierungsschwerpunkte/Forschung+_+Transfer/Auf+der+Suche+nach+dem+Gl%C3%BCck.html (Stand: 30.08.2021)

30 Phillippa Lally, Cornelia van Jaarsveld, Henry Potts und Jane Wardle (2010) How are habits formed: Modelling habit formation in the real world, European Journal of Social Psychology, 40 (6), S. 998-1009

31 Maxwell Maltz (2001), PSYCH I-CYBERNETICS . The Original Science of Self-Improvement and Success that Has Changed the Lives of 30 Million People, Penguin Putnam Inc, New Yorck

32 Catherine Rostera, Joseph Ferrarib und Peter Jurkat (2016), The dark side of home: Assessing possession 'clutter' on subjective well-being, in: Journal of Environmental Psychology, 46, S. 32-41

33 Shunmyo Masuno (2019), ZEN MAGIC. Wie man sein Leben aufräumt und dabei ein reines Herz bekommt, O. W. Barth

34 Statista (2021), Durchschnittliche tägliche Smartphone-Nutzung nach App Kategorien in Deutschland 2020 (in Minuten), URL: https://de.statista.com/statistik/daten/studie/1186676/umfrage/durchschnittliche-taegliche-smartphone-nutzung-nach-apps/ (Stand: 30.08.2021)

35 Ciro Conversano, Alessandro Rotondo, Elena Lensi, Olivia Della Vista, Francesca Arpone und Mario Antonio Reda (2010), Optimism and Its Impact on Mental and Physical Well-Being, in: Clin Pract Epidemiol Ment Health, 6, S. 25-29

36 Michael Mondloch, Donald Cole und John William Frank (2001), Does how you do depend on how you think you'll do? A systematic review of the evidence for a relation between patients' recovery expectations and health outcomes, in: Canadian Medical Association Journal, 165 (2), S. 174-179

37 Rüdiger Vaas (k. J.), Lexikon der Neurowissenschaft. Emotionen, URL: https://www.spektrum.de/lexikon/neurowissenschaft/emotionen/3405 (Stand: 30.08.2021)

38 Cathy Wong (26.02.2021), How Emotions and Organs Are Connected in Traditional Chinese Medicine, URL: https://www.verywellmind.com/emotions-in-traditional-chinese-medicine-88196 (Stand: 30.08.2021)

39 Paul Ekman Group (k. J.), Are there basic emotions?, URL: https://www.paulekman.com/universalemotions/ (Stand: 30.08.2021)

40 Henn-Memmesheimer, Beate (2012), Sprechen über Emotionen und Gefühle: neurobiologisch und alltagssprachlich – Das Beispiel Angst. In: Janja Polajnar (Hg.): Emotionen in Sprache und Kultur. Ljubljana, S. 22-36

41 Ha Vinh Tho (2019), Der Glücksstandard, O.W. Barth

42 Roy Baumeister, Kathleen Vohs, Jennifer Aaker und Emily Garbinsky (2013), Some Key Differences between a Happy Life and a Meaningful Life, Journal of Positive Psychology, 8 (6), S. 505-516

43 Marcel Rosenbach (2020), NLP Practitioner: Befreie Deinen Erfolg vom Zufall, S. 117-120

# *Mit im Boot*

Ein herzliches Dankeschön an Ulrike und Reiner Vettermann von der Buchbinderei Schaumann in Darmstadt. Ihrer professionellen Unterstützung und hervorragenden, qualitativen Arbeit ist es zu verdanken, dass unser Buch dieses außergewöhnliche *„Outfit"* bekommen hat. Wir sind stolz, sagen zu können, dass unser Buch CO2 neutral produziert und plastikfrei verpackt wird. Wie wundervoll, dass dies alles in mittelständischen Unternehmen in Deutschland passiert. Vielen Dank für die gute Betreuung, wir wissen ihre Leistung stets zu schätzen.

Danke auch an Winter & Company, ihnen haben wir es zu verdanken, dass unser Buch diesen außergewöhnlichen Einband erhalten hat. In Zusammenarbeit mit der Firma *„tide ocean SA"*, sorgt das Einbandmaterial TOILE OCEAN für saubere Meere. Denn unser Bezugsmaterial wird zu 100 % aus recyceltem Plastikabfall gewoben. Im Durchschnitt hat also jedes unserer Glücksperimente eine halbe 0,5 l Plastikflasche aus dem Meer gefischt. Hört sich jetzt wenig an, sind aber für unsere Erstauflage knapp 8000 Plastikflaschen.

## BILDVERZEICHNIS:

Seite 009, 275: Julia Marie Beckert @bernigrundner
Seite 33: Wildblumen im Herbst - Corinna Danner
Seite 35: Steg Playa de Muro von Florian Westermann phototravellers.de
Seite 48-49: Wollgras im Wind stock.adobe.com
Seite 90-91: Bäume im Nebel stock.adobe.com
Seite 106: Schmetterlingsflügel Nahaufnahme stock.adobe.com
Seite 126-127: Eiskristalle stock.adobe.com
Seite 164-165: Strand in Bali stock.adobe.com
Seite 185: Trockene Gräser stock.adobe.com
Seite 205: Ozean stock.adobe.com
Seite 224-225: Zitrone stock.adobe.com
Seite 242-243: Wurzel stock.adobe.com
Seite 262-263: Ebbe stock.adobe.com
Seite 273: Olivenblüte stock.adobe.com